2
哥布林殺手外傳
GOBLIN SLAYER! SIDE STORY: YEAR ONE
：第一年
The Dice is Cast.
蝸牛くも Kumo Kagyu
繪者／足立慎吾 Shingo Adachi

神明啊　神明啊
來擲骰子玩吧
骰出一就安慰你
骰出二就笑給你看
骰出三就誇獎你
骰出四就給你點心吃
骰出五就為你跳支舞
骰出六就親吻你
骰出七就到棋盤外

第1章

『戰爭過後，影之源頭』

After Session Scenario Hook

染成紅黑色的大地，開始被夕陽抹得更加暗沉。

穿過荒野的冷風帶來屍臭、鐵鏽味，以及因魔力沸騰的大氣的味道。

——真是，貧僧未免太貪心了。

那名武僧坐在插著好幾根長槍、用以阻擋騎兵的河堤上，悠哉地轉動眼珠子。

剛才還那麼熱鬧吵雜的戰場，如今一片寂靜。

刀劍交鋒聲、馬蹄轟鳴聲、高亢的詠唱聲、提振士氣的吆喝聲、臨終的慘叫聲。

與血腥味一同傳來的祭典樂聲也消失在遠方，只餘一抹寂寥。

對武僧而言，無疑非常令人惋惜。

「法師，你在這啊。」

突然傳來的——雖說他已預先聽見腳步聲——話音，令武僧抬起頭。

來者是名女將軍，她將暗金色頭髮盤起，身穿一套老舊騎士甲冑，卻相當年輕。

她負責駐守在這座邊境的小城塞，也是被召集到此處的士兵與傭兵的上司。

劍身纖細的大劍此刻已被她當成手杖，那策馬揮劍的英姿，武僧依然記得很清楚。

聽說她是某戶貴族家的千金，力量之強大卻完全無愧父祖之名，武僧深感佩服。

「您變得真美。」

「……怎麼？在諷刺我嗎？」

「貧僧確實愛說諢話，卻絕不會拿女子的美貌作文章。」

聽見武僧這句話，女將軍困惑地眨了下右眼。

英氣十足的面容少了隻眼睛，藝術品般的肢體殘缺不全，是一具破損的身軀。

該稱之為激戰的結果，抑或代價吧。

從繃帶底下透出的黑色血跡令人不忍卒睹，呼吸也像是喘不過氣般略顯短促。

但她立下戰功，順利倖存，並站在這裡。除了美麗，又有什麼辭彙足以形容？

女將軍板起被暮色染紅的臉，清了清嗓子：

「抱歉久等了，收集屍體花了些時間。葬禮可以拜託你嗎？」

「當然，當然。」

年輕武僧悠閒地起身。

衣服到處都沾上暗紅色血跡，他卻毫不在意。

「那麼，要用何種方式弔唁亡者？」

「在法師你的宗派是怎麼處理？」

「曝屍荒野令其還諸天地，總有一天便會以強者的身分回歸（Respawn）。」

「回歸？」

女將軍皺起眉頭，彷彿聽見奇妙的辭彙，或是討厭的辭彙。

「……已經挖個洞把敵人屍體堆進去了。之後會放火燒掉，所以請你為他們祈禱。」

「明白，明白。」

武僧配合女將軍的步伐，緩緩走在插著長槍的河堤上。

大量長槍都被敵軍的騎兵撞斷，有如缺了齒的梳子。

踩著夕陽照出的兩道長短不一的影子，武僧像在談論天氣般開口：

「有道是，無法在狹縫（Niche）間求生者會死吶……呵、呵。」

「我不討厭像法師這樣的人呢。以前也有法師來過我的老家。」

我妹很黏他。武僧聞言，「哦」了一聲。

「話說，小鬼的屍體數量特別多，那些也全都要弔唁？」

「沒辦法。」

女將軍的語氣透出不耐。

「無論是哥布林還什麼玩意，要是牠們又變成亡靈就麻煩了。」

兩人在前方荒地一角，望見漆黑如墨的領域。

是用來埋屍體的洞。全是怪物——不祈禱者的屍體。

闇人（Dark Elf）暫且不提，不祈禱者（Non-Prayer）並不會將同伴的屍首帶回去。

因為他們期待屍體會因詛咒重新站起，化為亡者回歸軍勢。

只有祈禱者（Prayer）會回收夥伴的遺骸。

雖也有人嘲笑這種行為不過是無謂的感傷——一旦少了感傷，人類亦無法生存下去。

總之，挑剔並非好事。將不死亡者消滅的瞬間，是多麼令人雀躍啊。

武僧邊想邊低頭看向被骯髒小鬼屍體填滿的墓穴。

「混沌的爪牙數量就是多。」

「是啊。明明五年前……魔神王已經被擊敗了。」

女將軍略顯疲憊地嘆氣。

「我偶爾會覺得，將有利於自己以外的存在全都視為敵人，大概會過得很輕鬆吧。」

武僧無法判斷她指的是精神或肉體上的意義。

無論如何，他都沒有不識相到特地去追問。

畢竟眼前是惡鬼、邪龍、異形甲蟲、亡者、小鬼的屍骸。聊戰功女性也會比較高興。

「隨後是否還得繼續狩獵餘黨？」

「算是已經告一段落了。不過聽說西方各地都在發生小鬼災禍。」

「西方……」

武僧望向逐漸沉入地平線下的落日，瞇起眼睛。

身後的遠方開始透出夜色，只看得見些許太陽的殘渣。

不久後星辰就會亮起，雙月也會散發朦朧月光吧。

「我討厭冒險者，一點智識都沒有。也討厭農奴和娼婦。那些傢伙遲早會淪為賊人。」

「呵、呵。為了生存而尋求各自的狹縫，實乃善事。」

「靠自身力量摸索、前進，總比仰賴他人施恩來得好嗎……」

女將軍微微一笑，痛得皺眉。武僧瞄了她一眼：

「您認識這種人？」

「覺得沒人願意一步步教導自己安全的生存方式很奇怪，卻只會默默等待援手的傢伙吧。」

——彷彿認為自己值得讓別人做到這個地步。

女將軍低吟著。這句話中蘊含什麼樣的心思，武僧並不明白。

「我就是因為不想被當成那些人的同類，才來到這裡。」

妹妹想必也是如此。

她喃喃自語，凝視荒野的盡頭，眼中似乎映照著另一端的景象。

為了取得自己的生存空間，她才這麼一路走過來的吧。

武僧抬起頭，像要肯定這段旅途般，語氣快活地說：

「世道看來還會繼續紛亂下去。」

「嗯，值得高興不是嗎？」

「哎呀，誠然。」

兩人互相對視，放聲大笑。

和平安穩當然很好。他們也並不會想加以破壞。

然而，兩人在戰爭中找到了生存之道。

混沌勢力算什麼，看我正面迎擊，將汝輩盡數殲滅。

擁有意志，自己決定行動。

那是不受「宿命」與「偶然」的骰子影響，棋子擁有的唯一且絕對的最大權利。

既然已經自行決定好要怎麼走，無論結局為何，都會受到諸神的祝福。

況且，她的美貌比起隱居於都市，在戰場上肯定能綻放得更加豔麗。

武僧不希望這朵花被不識趣的人摘下，也很高興她不會選擇這條路走。

儘管他與女將軍只是暫時的旅伴，願她前程一片光明。

「那麼，開始舉辦葬禮吧。無須在意，埋也好燒也罷，生命都將歸於塵土。」

武僧沿著河堤向下滑。

女將軍低頭看著他，突然想到什麼，開口問：

「法師，戰爭結束後，你打算去哪裡？」

「誰曉得呢。全看風之所往，身之所向，不過——」

武僧悠閒地走著，朝太陽望去。

那裡已不見光芒，只有一縷餘暉從地平線射出來。

有如一座聳立於世界盡頭的塔，他在內心讚賞這幅景色。

「西方的邊境應該還很熱鬧，能讓貧僧享受一下吶。」

語畢，年輕的蜥蜴人(Lizardman)僧侶愉悅地轉動眼珠子。

間章

「不邁出步伐就什麼都不會開始的故事」

Goblin Slayer
YEAR ONE
The Dice is Cast.

「說是洞窟探險，其實就是要畫廢坑的地圖嘛。看起來也沒怪物，馬上出發吧。」

「不，等一下。」

年輕戰士反射性開口，然後心想「糟了」，皺起眉頭。

事情發生在早上的冒險者公會，大部分的委託都被人接走後，時間也不早了。

微微傾斜的陽光從窗戶射入，照亮冒險者們揚起的塵土。

沒辦法，不管這裡打掃得再怎麼乾淨，冒險者都會穿著沾上泥土的鞋子進進出出。

他吸進參雜土味的空氣，像要辯解似的搔搔頭：

「……呃，那個……就是。」

四雙眼睛愣愣地——或者該說在疑惑「這傢伙幹麼啊」——盯著他。

仔細一看，那四個人都比戰士更像新手——不，他們一副今天是第一次來公會的樣子。

裝備既廉價又沒有刮痕，是全新的。兩眼也閃閃發光。

其中站在最前面、銀髮高高紮起的少女，眼神是最率直的。

她是個凡人（Hume），長得高，胸部豐滿，腿也很長，肌肉隆起，想必是武鬥家之類的職業。

不過，唯有她的眼神讓年輕劍士聯想到某人，支支吾吾地說：

「……就是因為不清楚裡頭有沒有怪物，才需要調查吧？」

年輕戰士終於把話說出口，吞下黏稠的唾液補充道：

「隨時都可能遭到偷襲。勸你們最好小心點。」

「咦，啊，這、這樣呀。說得也是。」

聽完年輕戰士這番話，銀髮武鬥家「唔哇」慌張地與夥伴面面相覷。

他們八成完全沒考慮到這個可能性。

仔細一看，他們和她們都沒帶頭盔的樣子，也未攜帶盾牌類的防具。

——這樣還來當冒險者嗎。

正因為有過幾次經驗，他如今才明白自己是多麼魯莽、青澀、愚蠢。

他深深體會到，些許時間與經驗的差距會造成多大的差別。

這些人並不曉得，世上存在自己萬萬料想不到的危機。

心中只有深信能靠一己之力突破重圍的心情。

「怎麼辦……」

「呃，可是總不能不接吧？我們快沒錢了。」

「所以說只要去下水道……」

「你知不知道要跑幾趟下水道才賺得到四人份的酬勞？」

新人們你一言我一語爭論著。

看在旁人眼裡——過沒多久就會死在路上吧，典型的這類菜鳥。

想嘲笑、瞧不起他們是很簡單的。

就算把這當成無關緊要之事，對他們見死不救，也不會有任何人責備。

冒險者要對自己負責。

想怎麼生活都可以，相對的，不管你是如何喪命，都不會有人幫忙擦屁股。

光就願意提供身分保障這點來看，公會已經算得上有情有義。

總比在一無所有的狀態下被人扔到原野來得——……

——我也一樣啊。

過了一會兒，年輕戰士深深嘆息。

雖然他現在稍微有那麼一點進步，新手時期應該跟他們差不了多少。

思及此，他便覺得用這種高高在上的態度向他們搭話非常丟臉。

——與其這麼煩惱，不如一開始就別給建議。

他搔搔頭，轉身準備離去。今天他本來就打算下午再慢慢處理委託——

「那、那個！」

從後方叫住他的聲音，令他停下腳步。

他回過頭，依然是那道率直的目光。

銀髮少女向他一鞠躬，馬尾隨之晃動。

「不好意思，還麻煩您特地提醒我們。謝謝您！」

——我其實沒想那麼多啦。

少女小跑步回到夥伴們身邊，銀髮像尾巴一樣搖來搖去。

年輕戰士吐出一口長氣。

——一直沉浸在鬱悶中，也沒有誰會來幫忙……的意思嗎。

「……你們要去畫廢坑的地圖對吧？」

年輕戰士緩緩朝那群新手冒險者邁出步伐。

邊走邊思考著，如何才能在不讓人覺得他自以為是的情況下，提議與他們同行……

© Shingo Adachi

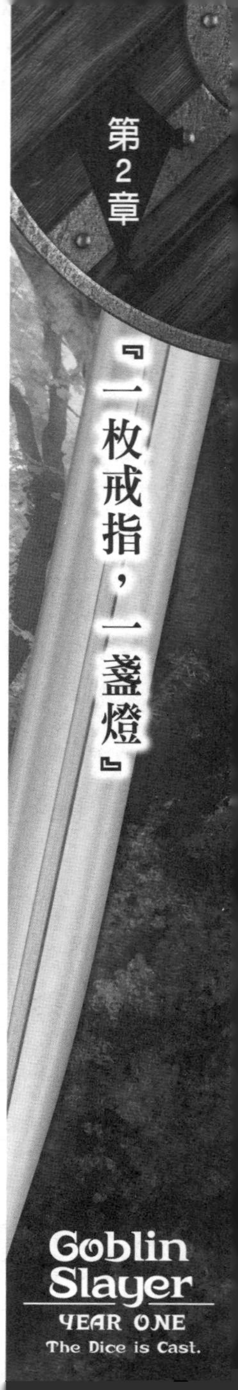

那天一如往常，是個令人極為不快的日子。

長著青苔的石造遺跡寒氣逼人，從天花板縫隙間射進的陽光，如同一根針似的刺在身上。

哥布林哨兵手拿生鏽的槍，不耐煩地踹了下地面。

「GOROOBB！GORB！」

「咿、咿啊啊啊!?嗚!?嗚!?」

「GOROORBB！」

豎起耳朵就能聽見，遠方的大廳傳來愉悅的聲音。

真是，為什麼這種時候偏偏輪到自己守**夜**。

明明幾乎沒人會來這種地方。

哥布林已經將前幾天來探索遺跡、被他們抓到的冒險者忘得一乾二淨。

他只記得有幾個男人，有幾個女人，這樣應該能享受一段時間。

礦人（Dwarf）男人挺肥的，暫時不必擔心沒肉吃。

礦人的肉雖然硬，但他們可沒資格——儘管他覺得這是理所當然的權利——挑三揀四。

「咿————！？」

「GBOR！？」

話說回來，這女人今天真會叫。

八成是想到新玩法了——那隻哥布林舔了下舌頭。

起初他們殺掉男人，把人頭拿給那些女人看，她們便會嚇得大叫，很有趣。

最近女人的反應卻越來越薄弱，害他們玩膩了。

看到人頭——雖然已經開始腐爛——也只會發出「啊」或「嗚」的聲音。

聽她現在叫成這樣，肯定在玩很有趣的遊戲。

想到這裡，哥布林就坐不住了，不停踏步。

乾脆別看門了吧？

這個念頭閃過腦海，哥布林點點頭，覺得真是個好主意。

反正偷混進去也沒人會發現。不如說應該是其他人要來守夜。

沒錯，就這麼辦。哥布林扔掉短槍，無謂地纏好纏腰布，回過頭。

下一刻，他的嘴被摀住，彷彿有條蛇纏了上去，利刃劃過咽喉。

哥布林聽見血液從頸部噴出的聲音，被嗆得發出咕嘟咕嘟聲。
那隻哥布林很快就動彈不得，死在原地。
誰都沒有為他哀悼。

§

「一隻。」
那名冒險者摀住哥布林的嘴，直到目標停止抽搐，接著慢慢將屍體放到地上。
他甩去劍上的血，收劍入鞘，撿起掉在腳邊的短槍檢查了一下，插進腰帶。
能攜帶的裝備有限，但如果不會妨礙行動，武器自然越多越好。
他靜靜觀察周遭的情況，隨後將哥布林的屍體踢進陰影處。是為了以防萬一。
順便把左手的火把輕輕扔到地上，空出雙手。
遠方的大廳清楚傳來哥布林開宴會的聲音。
他緩慢且慎重地腹部使力，以腳跟先著地的方式行走，宛如匍匐般一聲不響地前進。
踮腳反而浪費力氣，重點是最重的部分會用力落在地上。
以前他曾被師父痛揍過，罵他「潛行還一副要往前撲倒的模樣，腦袋裝什麼」。

前方透出燈光，可是哥布林不需要光。是用來取暖或享樂的吧。

——後者嗎。

不出所料。

「啊——!?啊啊——!?」

「GOROBOGO！GOROBOGOGOG！」

含糊的女性慘叫聲響起，哥布林聽見這陣哀號，大聲嘲笑她。

他們將用大廳中央的火堆燙紅的鐵棒，按在少女的肌膚上。

每次少女都會痛得扭動身軀，試圖逃跑，彷彿在跳一支難看又滑稽的舞蹈。

乍看之下，根本無法分辨她是冒險者還是村姑。

害怕、慘叫、東逃西竄、啜泣、求饒的模樣，與一般少女沒什麼不同。

然而，她的脖子掛著喀啷作響的識別牌。

那女孩的精神已經崩潰，嚴重到連事先得知情報的他，都看不出她是冒險者。

他沒有去想在此之前她經歷過什麼。因為他早已明白。

再說，她應該還算好的。

其他幾位少女，身上沾滿鮮血及髒汙，被扔在像垃圾場般散落一地的白骨中。

有的雙眼黯淡無光，有的身體少了該有的部位，有的一直在胡言亂語。

除此之外，八成還有俘虜懷上了哥布林的種。

何者較為幸運——他沒有去想。有比這更重要的事。

——敵人四。劍、斧、棍棒。無弓手。其中一隻是鄉巴佬（Hob）嗎。

「GOROOBOG！GOROOBG！」

「GBRRG……」

一隻巨大的哥布林，正在抓起盤子——當然不是哥布林自己做的——裡的肉狼吞虎嚥。

不僅如此，他還對其他哥布林頤指氣使，欺負他們，搶走他們手中的酒杯。

在他脖子上閃閃發光的，是疑似從冒險者身上搶來的數枚識別牌。

那隻想必就是頭目。大哥布林。

他思考片刻後，無聲無息潛入大廳，接著將手指插進石壁的縫隙間。

雖然上頭長了青苔，攀起來也夠穩了。他慢慢撐起身體。

爬了一階，尋找可以落腳的位置，踩穩後抓住上方的石壁，繼續往上爬。

動作稱不上敏捷，但想起小時候爬樹的經驗，就覺得這點程度還算輕鬆。

那棵樹還在嗎？大概不在了吧。

「嗚……啊……不、要……！」

「GROBG！GRROROGB！」

他無視閃過腦海的思緒，注意力集中在哥布林身上。

不知該不該說幸運，目前還沒被他們發現。

敵人正在吵鬧不代表可以發出聲音，但音量不大的話還在容許範圍內。

他暫時停下手，調整呼吸，然後又往上爬了一些。

接著確認距離，使勁踢擊牆壁跳下去。

他不可能做得出超人般的動作。穿著鎧甲往下跳，就只會直線墜落。

不過，他需要的是能踩爛小鬼的速度及高度。如此便足矣。

「GBOROB!?」

小鬼被突然從天而降的人壓扁，發出含糊不清的叫聲。他對小鬼的哀號置若罔聞，踩斷脖子。二。

「GGB!?GOBOGORB！」

「GRBG！」

遭到突襲的哥布林紛紛叫著站起來，他當然知道。

他沒有浪費時間，雙手早已抽出短劍。

「GROOGBG!?」

射出去的短劍命中咽喉，哥布林像溺斃似的揮著雙手倒下。三。

「GORRG!?」

他沒有確認小鬼的死相，反手拔出腰帶上的短槍，刺向背後。

「GOBOOOGOB!?」

沉迷於貫穿少女的身體而慢了一步動作的小鬼，被他從身後貫穿，痛苦地掙扎。四。

被噴出來的血迎頭淋下的女俘虜尖叫了一聲，但那不重要。

「GOOROGOB！」

夥伴接連被殺，大哥布林揮下粗如木材的棍棒。

能靠突襲打倒頭目是最好的，但沒人能保證會成功。他不希望因為偷襲失敗，陷入五對一的危機。

得先顛覆戰力上的差距。剩下的之後再說。

「GOROBG!GGBGOROGB！」

「喔、喔！」

看似剩飯的食物被砸向地面的棍棒打爛，濺到空中。

他迅速跳開來閃過攻擊，右手拔出不長不短的劍。

「沒事吧？」

「啊、嗚……」

不久前還在被蹂躪的女人近在身旁。向她講話也沒什麼反應。

可能會波及到她。不能後退。大哥布林正在逼近，他咂了下舌。

「哼。」

企圖繼續進攻的大哥布林放聲慘叫。

「GOROG!?」

因為他踢起了掉在腳邊、被火燒得通紅的鐵棒。

大哥布林被鐵棒燙得扭動身體，明明他們剛才還是燙人的那一方。

他沒有趁機逃跑，而是舉起左手的圓盾，直接衝到大哥布林身前。

「GROGORO！」

「唔……！」

面對砸過來的棍棒，他盡量選擇靠敵人手腕的位置格擋，使其偏移路線。左手發出吱嘎聲。

不過已經沒問題了。他用右手的劍刺中大哥布林的腹部，使勁轉動。

「GOROGOBOGOBOGOROBG!?」

大哥布林哀號著，棍棒從手中掉落。

這樣就五──

「GGBGRO！」

「嗚……!?」

然而下個瞬間，他的頭被用力揍了一拳，身體飛向空中。

他摔在大廳角落，身體沾到骨頭和食物殘渣，倒臥在地——不，是在地上滾動。

為了躲開立刻朝他揮下的拳頭。

茫然失措的少女們被逐漸逼近的危機嚇得尖叫，他甩甩頭站起身。

——沒有立刻死？

沒刺中要害。不對，在思考這個問題前，有件更該做的事。

他摸索著腳邊，在頭暈目眩的狀態下將撿起來的東西往敵人身上砸。

「GBOORGB!?」

慘叫聲。肉與骨頭被砸爛的聲音。不曉得打中了哪裡，但確實打中了。

「喔、喔……！」

「GOROGB!?GBRRG!?GOBOG!?GBBGB!?」

縮短距離，舉起手，揮下去。重複一次。再一次。再一次。

大哥布林過沒多久就停止慘叫，只剩下水花濺起般的聲響。

他終於鬆了口氣，望向手中的武器。

正在冒煙的那東西，是哥布林生火時燒剩的木頭。

「……原來如此。」

檢查過後，他扔掉木頭，踩住大哥布林的腹部拔出劍。

內臟溢出，然而為求保險，他還是用劍攪了一下，徹底將他殺死。

刺中腹部都殺不了他了，即使臉被人砸爛，還是有可能站起來。

他用哥布林的纏腰布擦掉劍上的血，收回劍鞘，低聲呢喃：

「五……應該不是小規模群體。」

推測是先進來探索遺跡的冒險者們，已經殺掉了幾隻。

然後——恐怕滅團了。

他想到這個事實，並且接受，接著搖頭。

不可以誤解。這種事雖然常有，卻不是一直都有，也不頻繁。

只不過是無論何時都存在運氣差的人罷了。

碰巧剛成為冒險者，缺乏知識也缺乏經驗，碰巧在戰鬥時腳滑……

僅此而已。

正因如此，萬萬不能認為活下來的自己比他們更優秀。

這是師父教過他許多次的事，一直以來也親身體會到。

更重要的是，因為哥布林這種生物，無一不認為自己是世上最優秀的。

他一面告誡自己，一面像在扛行李般，抱起不幸的倖存者——數名少女，讓她們坐好。

從自己的行囊和哥布林掠奪來的東西中，收集比較乾淨的毛毯幫她們披上。

或許是因為還無法理解狀況，再加上身體虛弱吧。

少女們不停啜泣，看起來連話都說不清。他不覺得這樣有錯，平靜地陳述事實。

「很快就能回去。」他思考了一下，補充道：「再等一下。」

——除此之外的安慰又有何意義？

他無視在身後哭出聲的少女們，粗魯地搜起小鬼的戰利品。

因為以前曾發現過哥布林的幼崽，雖然這次距離女人被拐走沒經過多少時間。

要是有幼崽躲著就糟了。他學到哥布林的增加速度很快。

況且，死去的冒險者的識別牌應該要帶回去。

「…………？」

這時，伸進穢物中的手碰到了堅硬的物體。

掏出來一看，是枚小戒指。寶石戒指。

是《座標(Mapping)》的戒指嗎？

——不，不對。

他用指尖抹去穢物，觀察那顆閃閃發光的寶石。

從未見過這種寶石。雖說他本來就不是知識淵博的人。

裡頭有東西在燃燒。

不斷燃燒。

「唔。」

他卻隨手將戒指塞進雜物袋，拋到腦後。

還有其他該思考的事。

哥布林的屍體。被擄走的少女。必須把她們平安帶回去，向公會報告。

然後領取報酬，整頓裝備，尋找下一件委託，殺掉哥布林。

他穿戴骯髒的皮甲、斷了角的鐵盔，腰間掛著一把不長不短的劍，手上綁著一面小圓盾。

對哥布林殺手來說，那天一如往常，僅僅是個令人極為不快的日子。

§

「呼，天氣真好！」

藍天與陽光下，牧牛妹用力把掛在繩子上的白床單攤開來晒乾。

把衣服放進倒入草木灰清液的盆子裡用腳踩，晾乾後收進室內。

儘管很費工夫，洗著洗著不知為何心情就會好起來，她輕笑出聲。

他——終於願意睡在主屋，而不是在倉庫過夜。

結果就是每天都要像這樣洗衣服，心情自然會好。

她哼著歌拿起下一件衣服。襯衫——他的襯衫。

「～♪」

這是她趁他不在時跑進倉庫，偷偷回收的。

上面沾著泥土、灰塵、汗漬，以及大概是——血跡的汙垢。

要她放著這件衣服不洗，實在辦不到。

她赤腳踩著襯衫，水馬上就髒掉，嚇了她一跳，不過……

「嗯，乾乾淨淨！」

她用力攤開襯衫，將皺褶整平，滿意地點頭。

有些痕跡還留在上頭，不過髒汙都洗掉了。很好很好。

他好歹是每天都會和女孩子打照面的人，大可稍微注意一下儀容。

「還有那副鎧甲……」

牧牛妹手抵下巴，沉吟著思考。

她覺得那副鎧甲很髒，但不知為何，他一直沒有要把它擦乾淨的跡象。

話雖如此，擅自把它擦得閃閃發光也不太好。

因為那是他的工作領域，她不該涉足。

——工作啊。

牧牛妹停下手邊的工作，望向藍天。

冒險。冒險者。

這個詞讓她覺得近在身旁，又遠在天邊。

他會穿著鎧甲，手拿武器，潛入遺跡或洞窟，與怪物戰鬥。

記憶中的他，還是五年前兩人吵架時的模樣……如今他成為冒險者出現了。

她知道他身上有著未曾改變的地方。

另一方面，也無論如何都沒辦法把這兩人當成同一對象看待。

「……好複雜喔。」

她不經意地撥弄下定決心剪短後，變得輕盈不少的瀏海。

視線範圍開闊許多，映入眼簾的景色也變得不一樣了，但她依然無法接受。

「算了，沒必要著急……吧？」

哎呀？牧牛妹歪過頭，想拿下一件待洗衣物的手撲了個空。

蹲下一看，盆子裡已經沒衣服了。

唔。不知不覺全部洗完了嗎。

——怎麼辦？

隔著手掌仰望的太陽仍高掛在天際，現在就收工太早了。

當然，她還得照顧牧場的牛、豬、雞，不過也不是一天到晚都得看著牠們。

況且再怎麼積極幫忙，舅舅都不太願意讓她做勞力活。

能理解舅舅擔心她的心情，畢竟自己之前那副樣子，但還是有點失落。

「嗯……………好！」

沒錯。牧牛妹打了個拙劣的響指。來煮晚餐吧。這樣很好。

這個念頭並沒有什麼特殊意義，僅僅是純粹的靈機一動。

但她覺得這是個好主意，踏著輕快的腳步走回家——

「噢，好險好險。」

雀躍的心情害她差點忘記收拾盆子，她將水倒光，晾在外頭。

然後小跑步向家門口。

要煮什麼呢？有什麼可以煮呢？能不能煮出美味的料理呢？她知道舅舅的喜好，不過——

「他會願意吃嗎……」

牧牛妹嘀咕道，輕輕用指尖撫摸嘴唇。

浮現於腦海的景象非常幸福，她捲起袖子說了聲「好！」，為自己打氣。

§

「不行，我不能收。」

「是嗎。」

那名性情乖僻的老人將戒指扔到櫃檯上，用十分狐疑的眼神看著這名冒險者。

「你從哪搞到這種玩意的？」

「撿到的。」

哥布林殺手回答後，突然想到似的又補充一句：

「遺跡裡。哥布林在那築巢。」

「小鬼嗎……」

冒險者公會裡的武具店，今天也一樣熱鬧。

哥布林殺手大剌剌地走進來，應該是在中午過後。

從他散發出的臭味和身上髒汙來看，顯然是剛結束冒險就直接前來。

疑似認識他的持槍戰士皺眉「呃！」了一聲，他無視對方，說道：

「要補充裝備。」

到這邊為止都與平常無異——這男人當上冒險者後一直是這樣，工房老闆也習慣了。

火把、藥草、傷藥、消毒藥水、楔子等各種瑣碎的東西，加上小刀及武器防具。

——比起戰士，更像斥候(Scout)或獵兵(Ranger)之流。

之前甚至還說想買弓箭，問他會不會用，只回答「懂一些」。

這傢伙雖然是個怪人，手倒挺巧——老闆在腦中的帳簿記下這點。

和平常不同的，是在之後。

他搜起雜物袋準備付錢，似乎想起了什麼，拿出那樣物品。

戒指。

一只金屬環，上面鑲著彷彿在燃燒的閃亮寶石。

不——確實在燃燒。寶石內側，有某種東西在翻湧著。

「收購嗎？」

店長接過他隨手扔過來的戒指，戴上單片眼鏡仔細觀察後，搖搖頭。

「不行，我不能收。」

接著便延續到剛才的對話。

老闆雙臂環胸沉吟著，用指尖輕敲櫃檯：

「能確定這是魔法戒指，不過沒經過鑑定太危險啦。」

「有辦法鑑定嗎？」

「是可以，但很費工。」

老闆伸手敲敲掛在附近的木牌。

上面用幾種文字和圖案表示「販售武器防具道具」、「接受鑑定委託。半價收購」。

之所以搭配圖片解說，當然是為了不識字的人。

若要以冒險者為客群，店家的身段最好放低，店員的膽識則是越高越好。

「雖說也有人會趁機敲竹槓，我這邊總得負擔技術費。無法算你便宜。」

「是嗎。」

哥布林殺手回答，他的模樣在販售裝備的老闆眼中，也顯得格外寒酸。

髒兮兮的怪人——可以理解為何有人如此嘲笑他。

若要鑑定魔法戒指，得支付相應的金額。還沒多少經驗的他付得出來嗎——

「你有錢嗎？」

「有。」

聽見他的回答，老闆露出驚訝的表情。

「你有賺到錢啊。」

「剿滅哥布林的報酬，都存下來了。」

對喔——老闆點頭。這傢伙日以繼夜地在接委託。

然而，哥布林殺手接著正經八百地搖搖頭：

「但預計要用。太貴的話付不出來。」

——沒辦法。

「好吧，也是可以自己戴上去試試……」

「有人嚴格吩咐過我，不能隨便戴戒指。」

「明智的抉擇……噢，對了。」

老闆深深嘆息，故意表現出剛剛才想到的模樣，補充了一句。

哎，都這把年紀了，偶爾照顧一下年輕人也不為過吧。

「其他冒險者說不定有懂鑑定的。要不去問問？」

「……其他冒險者。」

他簡短說道，拿起戒指，隨手放進雜物袋點點頭。

「知道了。」

聽老闆在背後念著「真的有聽懂嗎」，他大剌剌地走出店外。

要說有沒有聽懂，答案是沒有。

當然，他現在知道東西不鑑定就不能賣，要去拜託其他冒險者鑑定。

問題是——

「嗯。」

他踏進公會的等候區，環視周圍的冒險者。

然而，每個人被他瞥到都移開目光。

人們在躲他——也不是。但絕非善意的視線。

而是看待只會殺哥布林的怪人的好奇視線。

簡單地說，就是對骯髒的新手冒險者，沒有在這之上的興趣。

對他而言也一樣。問題就在於此。

「鑑定。」

究竟誰有這個能耐——

他連其他冒險者以什麼維生都不知道。

哥布林殺手低聲沉吟，坐到等候區角落的椅子上。

最裡面的椅子。

要搶委託的話，這個位置會比別人慢，但剿滅哥布林的委託不用急就接得到。

不會礙到其他冒險者的這位置，讓人覺得很適合他。

哥布林殺手突然取出雜物袋中的戒指，拿到從窗戶照進的光芒下看。

隔著閃閃發光的火焰，望見在公會往來的冒險者。

有的往右，有的往左，有的在看布告欄，有的在與夥伴談笑，有的走向櫃檯，有的即將踏上旅程。

他心不在焉地看著。各式各樣的冒險者，在做各式各樣的事。

——怎麼辦？

想這些也沒意義。

有用就用。能賣錢就當成經費。都不行的話就處理掉。

這樣應該就行了。沒必要捨不得。

「那個……」

此時，有人客氣地向他開口。

「……請問，有什麼問題嗎？」

轉頭一看，是名頭髮綁成蓬鬆麻花辮的公會女職員。

他沒去思考這個人是誰。哥布林殺手受過她幾次關照。

是櫃檯小姐。

「不是什麼大問題。」

他將手中的戒指拿給她看。

見裡頭封印著點點火光，櫃檯小姐忍不住驚呼出聲。

「好漂亮的戒指。您去了哪座遺跡探索嗎？」

「不。」哥布林殺手搖頭。「在哥布林巢穴找到的。」

「這樣呀……」

櫃檯小姐露出難以形容的表情。

哥布林殺手表示疑惑，櫃檯小姐晃著頭髮搖頭，展露微笑。

「因為您是哥布林殺手嘛。」

「嗯。」

哥布林殺手點頭。

「然後，本來在找能鑑定的人。」

「在找……」櫃檯小姐眨了下眼。「……本來？」

「不曉得該拜託誰。」

他隨手將戒指塞進雜物袋，像在嘆氣似地說。

「所以，決定處理掉。」

不能用的東西，帶在身上也沒用。

哥布林殺手嘀咕道，櫃檯小姐再度露出難以形容的表情。

他不明白這表情的意義，低聲詢問：

「怎麼了。」

「沒有，那個……」

她肩膀抖了一下，扭扭捏捏，坐立不安地捲著頭髮。

「若是這樣，我說不定……能介紹一個人給您喔？」

§

「……哎、呀？」

那名魔女一如往常走進公會，扇動修長的睫毛眨眨眼。

櫃檯小姐在向她揮手。不僅如此，旁邊是——

「……」

魔女的脣勾起弧度，扭著纖腰慢慢走過去。

周圍的冒險者瞥見那性感的身軀，紛紛交頭接耳起來。

魔女卻用寬帽遮住眼睛，看都不看他們一眼。

不敢當面搭訕她的人所說的話，又有多少價值？

她反而像在享受其他人的反應，依然帶著笑容，微微歪頭。

「怎、麼了……嗎？」

參雜微弱吐息聲的嗓音有點斷斷續續。她吸了口氣，豐滿胸部隨之晃動。

接著，輕笑聲從喉嚨深處傳出，她宛如一個喜歡惡作劇的孩童，說出那個名字：

「哥布林，殺手？」

「有事相求。」

那名穿戴骯髒皮甲與廉價鐵盔的男子，則用相當低沉冷淡的聲音回應。

「妳懂鑑定嗎？」

「鑑定……？」

不明白他的意思——不，是明白他的意思，魔女才疑惑地回問。

在一旁看著的櫃檯小姐面帶苦笑，伸出援手：

「那個，其實哥布林殺手先生在遺跡找到一枚戒指。」

「原、來……」魔女刻意瞇起眼睛，點頭。「所以，才……」

「嗯。他想詢問您能否協助調查……」

聽完她說的話，魔女突然伸出雪白纖細的手臂，像在引誘男人般對他招手。

「讓我，看看？」

「這個。」

哥布林殺手不假思索地搜著雜物袋，抓出戒指。

「哦……」

「哇……」

魔女忍不住嘆息，櫃檯小姐則又盯著它看了一遍，睜大眼睛。

金屬環綻放出微弱光輝。微弱到櫃檯小姐剛才並沒有發現。

並非一眼就看得出的強力魔法道具，當成飾品用的價值也不高。

然而，寶石中燃燒著莫名吸引人的光芒。

魔女舉起那枚戒指，透過窗邊照進的陽光仔細觀察。

接著用指尖沿著金屬環撫摸，翻過來，檢查內側有無刻字。

沒多久，她慢條斯理地搖了搖頭：

「對不、起……」

魔女邊說邊遞出戒指。哥布林殺手接過它，塞進雜物袋。

「這、個……我不是，很瞭……解。」

「是嗎。」

回話的語氣不帶一絲失落。

他一副無所謂的樣子，還向魔女說「抱歉占用妳的時間」。

反倒是櫃檯小姐顯得有些失望：

「這樣呀，真可惜呢。」

「不會。」他搖頭。「那就處理掉吧。」

「不過……呀？」

然而，魔女話還沒說完。

她像要靠上去似的以手杖撐著身體，指向他的雜物袋。

「想、要……那東西……的人，我，倒是……知、道……唷？」

「嗯。」

哥布林殺手低聲沉吟，手放到雜物袋上。

「那就給他吧。」

「……呵、呵……你是個，寡欲的……人，呢？」

魔女竊笑著，用彷彿在詠唱法術的語氣，說出那個人的住所。

稱不上住所這麼高級，而是「鎮外的小河旁」這種籠統的地點。

「那、個……人，大概……一直，都在……那裡，吧？」

「是嗎。」哥布林殺手點頭。「謝了。」

「不、客氣。」魔女緩緩搖頭。「因、為……看見了，好東西。」

她似乎想起什麼，補充道：「帶一瓶……蘋果酒，過去，吧？」

哥布林殺手歪過鐵盔沉思片刻，低聲回答「好」。

「抱歉。謝謝。」

然後就這樣大剌剌地走掉。

留在原地的櫃檯小姐似乎愣了一下，接著立刻回答「不客氣」。

因為她慢了一拍收到他最後扔下的那句話。

她揮著手對逐漸遠去的背影大喊「不客氣——」。雖然早就知道對方不會回應。

「接、下……來。」

這時，魔女笑咪咪地叫住她，語氣宛如在玩弄老鼠的貓。

「是、是的？」

櫃檯小姐肩膀一顫，回應道，魔女的笑容越來越深。

「我，可以……要個，謝禮……嗎？」

「跟、跟我要嗎？」

是什麼呢——櫃檯小姐面露懼色，臉頰抽動。

錢嗎？她還沒加過薪，手上沒多少錢。

接委託時給她一些方便？不不不這樣太不公正了——……

「欸……妳，認識……擅長，使槍的……冒險者，嗎……？」

「咦？」

櫃檯小姐困惑得不停眨眼。

經過片刻思考，她有了頭緒。她認識。是一名新銳冒險者。

對了，她也接待過他。

「我們臨時，組過幾次隊……例如蜈蚣、的時候……他常常……來邀我……

可、是。」

兩人關係不錯，也能互開玩笑，她認為稱他們是朋友也不為過。

可是。魔女提心吊膽地，用勉強聽得見的微弱音量開口：

我想跟他組成固定的團隊(Party)——

魔女害羞的模樣就像個年輕女孩，櫃檯小姐輕笑出聲。

「沒問題……交給我吧！」

§

魔女告訴他，去了就知道在哪，確實如她所言。

哥布林殺手單手拎著在酒館買的蘋果酒，於行人往來的路上走了段時間。

他筆直走在跟平常借住的牧場反方向的路上，在鎮外看見它。

破屋——這樣形容應該比較貼切。

小河旁邊有座吱吱嘎嘎轉動著的水車，還有棟煙囪正在冒煙的小屋。

比起小屋，感覺是更加穩固且適合長居的建築，但要稱之為住宅又有點太破舊了。

——還是叫破屋吧。

哥布林殺手下達結論，站在老舊的門前。

奇怪的是，只有門環是黃銅製，閃閃發亮，和建築物本身不太搭調。

——真該先暗中調查地形。

他為自己至今仍未掌握好這座城鎮的地理條件一事感到不快。

應該記在腦海的。他此刻才知道這棟破屋的存在。

哥布林殺手將自己的失態吞回腹中，毫無顧忌地叩響門環，呼喚屋主。

「抱歉，有東西想委託鑑定。」

沒有回應。

他在門前等了幾秒。

依然沒有回應，哥布林殺手站在原地沉吟。

不可能沒人在家。就算沒有魔女那句話，看煙囪的煙就知道。

不在也就算了，屋內有人卻不回應，改天再來也沒意義。

他又用力敲了一次門。

「抱歉，有東西想委託鑑定。」

接著屋內便傳來「噢，門沒鎖，進來吧」的聲音。

態度很隨便，哥布林殺手卻沒放在心上，打開門。

就旁若無人這點來看，自己也差不多。光是願意應聲就該感謝人家了吧。

破屋內——亂到得先思考該踩在哪個地方。

簡單來說就是到處堆滿東西。

古書堆積成山，還有像雜物和兒童玩具的物品，以及裝食物殘渣的盤子。

爐子旁的風箱邊運作，邊發出吱吱嘎嘎的金屬聲，掛在天花板上的繩子晾著衣服。

房間最深處，勉強空出來的空間內，有個動來動去的影子黏在桌前。

哥布林殺手留意著別撞到東西，慎重走近，總算看出那是個人。

全身都被老舊、幾經縫補的斗篷蓋住，看起來像魔法師的人。

桌上放著某種東西，那人碎碎念著「不是這樣，也不是這樣」。

是紙牌（Card）。

那人把牌面繪有各種圖案的七彩紙牌整理好又攤開，洗完牌又疊起來。

似乎完全沒發現哥布林殺手站在背後。

他觀察了一下情況，那人還是沒出聲，因此他默默開口：

「想委託你鑑定戒指。」

「什麼……？戒指啊。是嗎。是嗎。戒指……」

興致缺缺的聲音，比想像中年輕高亢許多。

那人以手撐頰，一面洗牌一面自言自語，突然停止動作。

「戒指!?」

接著一口氣站起來，紙牌如雪花般灑向空中，散了滿地。

戴在頭上的兜帽也在隨之滑落。

隨便剪短至肩膀附近的頭髮垂下——是黯淡的金色。

「怎麼回事！莫非你取得了《燈(Spark)》!?」

她探出身子，彷彿要撲進套著骷髏皮甲的胸口。

——原來是女人。

哥布林殺手在頭盔底下眨了一次眼。

一頭金髮四處亂翹，不曉得是沒梳還是梳了也沒用。

她搔著那頭亂髮，一股不至於令人不快的奇妙味道便散發出來。

近在眼前的眼睛大概是綠色。藏在眼鏡底下，有種神祕朦朧感的顏色。

無法判斷是用哪種獸毛織成的毛衣，下襬長到幾乎蓋住膝蓋。

他分辨不出那件毛衣本來就是這種款式，還是她純粹不在意尺寸。

加上一件能遮住全身的斗篷後——原來如此，儼然是位性別不明的魔法師。

「不，等一下，不能太早下定論！先讓我看看那枚戒指！」

女魔法師獨自嚷嚷著，放著愣在原地的他不管，迅速把身體縮回去。

「……」

雖不知道該說什麼才好，但他本來就是來找人鑑定的。

哥布林殺手自行囊取出的戒指，在昏暗的屋內仍舊散發淡淡光芒。

天還沒黑卻暗成這樣，八成是因為書多得把窗戶都擋住了。

空氣中懸浮的灰塵反射白光，清晰可見，彷彿有螢火蟲之類的生物在屋內飛舞。

「這個。」

「喔喔……！原來如此，原來如此……待我瞧瞧。」

女魔法師隨口應了幾句，如小孩般催促著「快點、快點」，輕輕拎起戒指。

她瞪大眼睛，把臉湊近，仔細觀察戒指的光輝。

一臉不知光芒為何物的樣子，有如這輩子第一次看見彩虹的孩童。

不久後，她的嘴唇像在與人接吻般開合，喃喃自語了一、兩句。

接著，戒指的光芒伴隨一陣神祕燐光，在雪白手掌中增強。

光芒彷彿炸開的火花飛向空中，如星光般閃爍，然後逐漸消失。

正是《燈(Spark)》。

光芒沒多久就緩緩減弱，再度沉進戒指上的寶石中。

見證整個過程的她擦了好幾下眼睛，點了好幾次頭，輕聲問道：

「……你在哪找到這個的？」

「哥布林的巢穴。」

「哥布林？——你說哥布林!?」

「沒錯。」

哥布林殺手點頭。

「在哥布林睡的垃圾山裡。」

「哈……哈哈，哈哈哈哈哈哈哈哈哈哈哈！」

她的臉上立刻綻放笑容。不僅如此，還拍著大腿笑出聲來。

不——以捧腹大笑形容或許更加貼切。她抱著肚子不停狂笑，甚至用手拍桌。

「哎呀，哈哈哈！這樣啊，這樣啊，真沒想到！」

「……」

「明明從古至今說到不正經的東西，就是洞窟裡的魔力戒指！」

確實——哥布林殺手點頭。他記得師父也說過。

她「唉唷」一聲，按住差點從晃來晃去的桌子上掉下來的雜物。

哥布林殺手等了一會兒，還是沒得到想要的答案，便主動詢問：

「所以，那是有什麼效果的戒指？」

「對大部分的人來說沒什麼用。」

女人說道，用力靠到椅背上，翹著的腳故意換了一隻。

看得出那雙腿緊致且修長，明明本人一副足不出戶的模樣。

「不過，對我來說是有價值的。」

「那對我來說如何。」

「這個嘛，這東西只不過是《呼吸》的戒指。在哪裡都能呼吸。如字面上的意思，在哪都能。」

「唔。」

「怎麼樣？」

女人揚起嘴角，露出蜘蛛吐絲般的笑容。

「你願不願意把它賣給我？」

她再度探出身子，湊近哥布林殺手的頭盔，嘴唇都要碰到了。

「多少錢都可以。不──」她得意地笑著。「要什麼都可以喔？」

一股奇妙的香氣飄來。不是酒。他推測是藥草的味道。

哥布林殺手低聲沉吟。

「錢以外的東西也可以嗎。」

「當然。」

「是嗎。」

女人點頭表示肯定。哥布林殺手毫不猶豫地說：

「我想要能用來殺哥布林的東西。」

「──啊……？」

她先是睜大眼睛，又忍不住笑出來。

「唔、噗……呼呼、呵、哈……！哥、哥布林!?哥布林嗎！」

笑聲比剛才聽聞戒指來歷時還要大，桌上的東西整個垮下來。

她笑得一邊抽氣一邊扭動身軀，眼角滲出淚水，從椅子上滑落。

「哈、嘻、嘻嘻……呵、呼呼呼呼……怎、怎麼會──怎麼會這樣……」

她氣喘吁吁，豐滿胸部劇烈起伏。

哥布林殺手等她冷靜下來後，突然補充道：

「蘋果酒也給妳。」

「饒、饒……饒了我吧……！」

女人用力拍桌，桌上的紙牌山終於崩塌。

在一片揚起的灰塵中，她笑得在地上打滾。

這就是哥布林殺手與孤電的術士（Archmage）之間的相遇。

間章

「地圖沒畫好所以還不能回去的故事」

「喝啊啊啊啊啊啊啊啊啊啊啊啊啊！」

女性尖銳的吶喊聲在廢坑中迴盪，肉與肉碰撞的聲響及含糊的慘叫響徹四周。

少女高高抬起腳，漂亮地踢碎哥布林的顎骨。

小鬼吐著血咚一聲倒地，無疑是致命一擊（Critical）。

哥布林差不多就是這種程度。不必祭出多厲害的武器或招式也殺得死。

「為什麼廢坑裡會有哥布林？」

武鬥家少女「嘿咿嘿咿」地空踢著依然抬著的腿，年輕戰士皺起眉頭：

「……好像是因為東方之前發生過戰鬥。說不定是從那裡逃過來的。」

「咦？經過中央來的嗎？太高難度了吧？」

「地底能通往各處。」

年輕戰士的語氣彷彿要驅散什麼痛苦的回憶，放開沒機會出鞘的劍。

原來如此——少女佩服地說。他並不想把戰鬥的工作交給她一個人，但這也是無可奈何。

站在最前線不方便注意整支隊伍的狀況，若排在第二、第三位，武器又搆不到敵人。

——乾脆我也像那傢伙一樣，改拿長槍好了……

年輕戰士邊想邊回頭詢問身後的男人：

「老師，狀況如何？」

「這個嘛……」

和語氣成反比，被他稱作老師的人以莫名粗野的嗓音回應。

他掀起老舊的外套，出現在底下的是一張似狼的狗臉。

獸人魔法師（Padfoot）——基於年齡因素辭去講師職務，如願以償當上冒險者的中年男子說道：

「粉塵味這麼重，我的鼻子派不上用場。路線也很複雜，畫起來不太容易啊。」

「大略就好，不必做到百分之百精確。」

「好的，好的。」

獸人魔法師穩重地點頭，用白色粉筆在羊皮紙上繪製地圖。

——幸好是由老師擔任製圖人（Mapper）。

見他如此鎮定，年輕戰士感慨地心想。

地圖品質直接關係到這次的委託報酬，重點是他沉著冷靜。

比起會因為慌張而亂用法術的魔法師更加值得信賴。但那也已經——

「——？怎麼了嗎？」

武鬥家少女晃著頭髮歪過頭，一副懵懂無知的模樣。這還算好的，問題在於另外兩人。

「喂，後面好像還有路。」

「要注意不讓這小丫頭看到路就往前衝，很累人呢。」

一名還沒長鬍子的礦人女孩和森人(Elf)青年，緩緩從暗處走出。

但這兩個種族並不能從外表判斷年齡。

一位是立志成為斥候而正在修行的礦人，另一位則是信奉地母神的森人。

年輕的青年戰士知道的只有這些，現階段這樣就夠了。

「你說啥!?你才是一直吵著要回去，膽子有夠小！」

「請稱之為慎重。畢竟我們與礦人的眼界不同。」

這兩人在黑暗中也能視物，所以才派他們出去偵察，結果馬上就吵起來了。戰士用手遮住臉。

——那些傢伙的感情就很好。

他想起曾經的——雖然他不覺得他們有拆夥——夥伴們。

那時給負責帶隊的僧侶添了不少麻煩。之後找機會跟他道歉吧。

「他們兩個的感情真好呢。」

不能寄望笑咪咪的武鬥家上前勸架，不知所措的老師也靠不住。

「我說啊。」

戰士維持冷靜的語氣，朝兩人開口：

「我只有拜託你們去前方探路，可沒叫你們衝進去。」

「嗯……」

礦人女孩悶悶不樂地咕噥著，森人祭司一臉「早說過了吧」的態度瞇起眼。

「然後既然是去偵察，也請別為這種小事找她吵架。」

「……呵。」

森人祭司以微笑蒙混過去，礦人女孩瞇眼瞪著他：

「看吧，連我都一起被罵了。」

「說什麼呢，明明是妳害的。」

「沉迷於賭博輸到脫褲子被尼姑救濟才跑去信教的傢伙少在那邊。」

「唔!?」

想必這也能算是致命一擊（Critical）。

從小在礦人軍隊中長大的她口齒伶俐，雖然智慧不及森人，經驗卻略勝一籌。

礦人哈哈大笑，森人則在旁沉默不語。戰士放著他倆不管，面向前方。

「不管怎樣，先重整隊列、向深處移動吧。之後得向公會報告有哥布林出沒，不過……」

「地圖還沒畫完呢。」

「是啊。」

他點頭回應銀髮的武鬥家，向黑暗踏出一步。這時——

「……情況不妙。有股討厭的氣味。」

老師突然嘀咕道。年輕戰士迅速拔劍。

「反差二人組麻煩退到後方保護老師，我和她上前。老師，請準備法術。」

「咦、咦？」

「誰跟誰是反差二人組啊……！」

戰士無視錯愕的武鬥家與不滿的森人，凝視黑暗深處，豎耳傾聽。

首先傳來的是無數的腳步聲。接著是腐臭味。最後是在黑暗中發光的混濁雙眼。

——要戴頭盔嗎？

敵人數量很多。會陷入混戰的話，發號施令者看不清周遭不太好、嗎？

他想了一下掛在背上的頭盔，基於和以往不同的理由放棄裝備。

「早知道就買個護額……」

「哥布林和……一隻大傢伙要來了！」

綠皮膚（Green Skin）從黑暗中湧出。

「GOORRBGG……」

「GOROB！GGBBRROG！」

四——不，總共五隻。每隻手上都拿著粗劣的武器。這樣很好。其實並不好，但很好。

「GBRRRRR！」

除此之外，快要頂到坑道頂端的巨大身軀聳立於眼前，彷彿在率領那群哥布林。

對方無謂地揮動手中的棍棒，威嚇一行人。

年輕戰士認識這隻怪物。沒親眼見過，但聽之前那支隊伍的人提過。

「——是鄉巴佬（Hob）！」

「不，那在古語中是『巨大』的意思。」

狗臉魔法師從容不迫，雙手已經結好法印，果真厲害。

「有毒的氣味。」森人僧侶優雅地說。「看來我的任務是解毒。」

「神又沒授予你其他神蹟。」

「呵，目前還不到告訴你們的時候。」

「聽你在吹。」

礦人女孩一面和森人僧侶鬥嘴，反手拔出形似柴刀的短劍。

她似乎明白保護兩位術者是自己的職責。年輕戰士點點頭：

「小鬼由我處理，我的鎧甲較厚，他們的毒刃應該刺不進來。所以妳就──」

「大隻的對吧，放心交給我！」

武鬥家少女爽快回應著衝進敵陣，為戰鬥揭開序幕。

「GRRORB！」

「GBR！」

小鬼主動攻來。年輕戰士考慮到可能會有敵人從牆壁冒出──他想起討厭的回憶──一邊觀察兩側，上前應戰。

在封閉場所不適合揮舞雙手劍，不過──……

「看、招！」

他橫向揮了一劍，幾乎快要砍到牆壁。劍尖擦過表面，刮出聲響。

「GOOBR!?」

同時，塗上黏稠液體的短劍被劍刃彈開，小鬼驚呼出聲。

──果然是毒短劍嗎。

這樣就好。戰士舔了下因為緊張而乾燥的嘴唇，重新握好劍。

吸引敵人(provoke)，抵擋攻勢(parry)，敵人進入範圍的話就趁機攻擊(AOO)。

他負責擔任肉盾(Tank)。

主要攻擊手是如同一隻箭矢射進敵陣的少女。

「GGGBBORG！」

怪物們當然不會因為一名赤手空拳的少女殺過來就手足無措。

大哥布林喘著粗氣，用足以致命的怪力揮下稍微擦過狹窄洞頂的棍棒。

「喝！」

武鬥家踩著步法，側身閃過棍棒。風壓吹起頭髮。

「喝啊！」

接著她深深蹲低，使出直拳，瞬間發出類似鐘響的聲音。

「GOOB!?」

大哥布林醜陋的大肚如海浪般盪開波紋，巨大身軀踉蹌了幾下。

然而，只有這樣。魁梧的小鬼疑惑地看著肚子，露出卑劣笑容。

「GGGGG……！」

「哇，這是什麼！好軟!?」

肥厚脂肪成了裝甲(AC)，沒能對他造成傷害，令少女不知所措。

「別慌，繼續出手！」

「GOOROGB!?」

戰士將雙手劍斜舉，藉此讓小鬼的攻擊滑開、迅速還擊，先解決一隻。

他順勢踹倒發出含糊不清慘叫聲死去的哥布林，大聲下達指示，接著便傳來「是！」的回應。

「嘿、咻……！」

此時，戰士後方射來一支飛箭（Dart），補上他攻擊後產生的空隙。

「GBRO!?」

飛箭深深刺進手掌，小鬼哀號出聲，戰士得到重整態勢的時間。

「呵呵呵，機關式的弓也挺有趣的嘛。」

森人僧侶手上拿著發條式投射器（Dart gun）。

一旁持短劍警戒的礦人女孩不禁傻眼：

「……我說你啊，難道沒把地母神的教義放在眼裡？」

「真失禮。這是自衛所需的最低限度的武裝。」

就是因為買了這種東西才會沒錢嗎。戰士苦笑著砍向小鬼。

「GOOBORG!?」

這樣就兩隻了。那種玩具需要花時間裝填箭矢，最好別太過依賴。

森人僧侶之所以能放心射擊，是因為礦人斥候在身旁守著他。

而保護三名後衛就是自己的工作。年輕戰士很清楚。

他望向前線，武鬥家少女和大哥布林仍在交戰。

「喝啊！」

「GOOOG！GOROBG！」

然而，往往會發生這種情況。

少女用力踢出去的腳被大哥布林一掌抓住，可能是她錯估了攻擊距離。

「唔!?啊!?」

「GOROGB！GOOOGBGR！」

大哥布林露出醜陋的扭曲表情，武鬥家面露懼色。

會被捏爛還是抓起來甩？小鬼的殘虐性跟小孩子沒兩樣。

「老師！」

「『阿爾馬（武器）……夫吉歐（逃亡）……阿米特烏斯（喪失）』！」

事後回想起來，他自認將冷靜沉著的獸人放在隊尾，真是漂亮的安排。

用不著下達指示，鎮定的老魔法師就已經朗誦完正確的法術。

擁有真實力量的言語隨著他的咆哮解放，襲向大哥布林。

「!?」

「……！」

那項法術——《徒手(Awkward)》以讓棍棒從右手滑落的形式顯現。

武鬥家眼中閃過一道光，腿在怪物掌中迴旋。

「咿——呀啊啊啊啊！」

她發出怪鳥般的吶喊聲，以敵人的手當踏臺，在空中奮力一踢。

宛如陀螺旋轉身軀釋放的踢擊，命中大哥布林的臉。

「GBORG!?」

慘叫參雜在骨頭碎裂聲中，消失不見。

大哥布林的鼻子被踢爛，臉部噴出鮮血，默默倒下。

或許是粹掉的骨頭刺進腦部了——老師在後方如此說道。

也就是致命一擊(Critical Hit)。

「嘿咻……好、好險……！」

武鬥家少女沒有翩翩降落，而是搖搖晃晃地著地，撫著豐滿的胸部鬆了口氣。

年輕戰士也吐出一大口氣，說了聲「好」重新面向眼前的小鬼。

「GOBORG!?」

「GRG!?GOOBG!?」

失去大將，剩下的哥布林只有三隻。

怪物們轉眼間就被殺光，沒什麼值得一提的。

——那麼。

戰鬥結束後，是回收戰利品的時間。

「我看看。哎，小鬼身上的東西八成不怎麼值錢……」

喜孜孜將手伸向屍體的，當然是礦人斥候。

那麼粗的手指為何如此靈巧？年輕戰士覺得相當不可思議。

這個問題暫且擱置，他該注意的是另一件事。

他在行囊中摸索，取出水袋，對獸人魔法師使眼色。

「嗯，請便。他們倆交給我吧。」

「謝謝。」

青年走向坐在坑道角落的少女。

她帶著開朗笑容抬頭望向青年，表情卻非常僵硬不自然。

「……給妳。」

但青年沒有說出來，坐到她身旁遞出水袋。

「……我就不客氣了。」

武鬥家少女伸手想接過水袋，兩隻手臂卻在發抖。

是因為緊張，還是恐懼呢。

「哎、哎呀……冒險……那個，比我想像中還……」

「可怕吧？」

「……我還以為會死掉。」

少女喃喃說道，勉強喝了兩口水，塞好栓子。

年輕戰士點頭回道「是啊」，把玩著她還給自己的水袋。

「我也很怕。不過，嗯，總比天不怕地不怕來得好。」

「……是嗎？」

「不懂害怕的話，大概會就那樣死掉。」

即使覺得害怕，該死的時候還是會死就是了。

他補充道。雖然是硬擠出來的笑容，她還是笑著回答「什麼啦」。

「可是害怕哥布林，實在不太光彩……」

她的語氣卻和表情相反，有點沮喪無助。

「……我還跟爸媽說過要闖出一片天呢。」

「妳認為害怕食岩怪蟲（Rock Eater）就是件光彩的事嗎？」

「食岩怪蟲？」

少女納悶地歪過頭，銀髮垂下，他笑著搖頭說「沒什麼」。

完全不一樣。她和之前的夥伴們。

「總之就是，不可能一開始就一帆風順。只要活著就還有下一次機會。」

「……好的。」

但他不是很確定，這句話能否安慰到她。

說不定，這反而是他希望有人對自己說的話。

少女點了點頭，動作細微卻堅定，不知為何，他有點開心。

「喔，這隻大哥布林帶著一封信耶！雖然我看不懂！」

「哈哈哈，所以說礦人就是這樣……上面寫什麼？……哼，果然。原來如此。」

「你絕對沒看懂對吧!?」

礦人與森人聚在大哥布林屍體旁，吵吵鬧鬧。

老魔法師苦笑著介入，拿起骯髒的紙片點了點頭：

「噢，這個與其說是文字，更接近繪文字。推測是『等待指示』的意思。」

「繪文字……呃，哥布林讀得懂字嗎？」

「未必不行呢。這個寫法，莫非是出自妖術師（Warlock）之手……？」

一行人閒聊著。考慮到礦山的規模，應該差不多要走到底了。

年輕戰士呆呆看著這幅景象，突然想起什麼，喃喃說道：

「……欸，妳會讀寫文字嗎？」

「哎呀呀，完全不會！」

身旁的少女不知為何一臉得意，挺起豐滿的胸部斷言。年輕戰士笑了出來。

「那下次……一起學吧。」

「是！」

——想再試著努力一下。

等那名禿頭僧侶回來就這樣對他說，約他一起喝酒吧。

年輕戰士下定決心，緩緩起身。

第3章『孤電的術士』

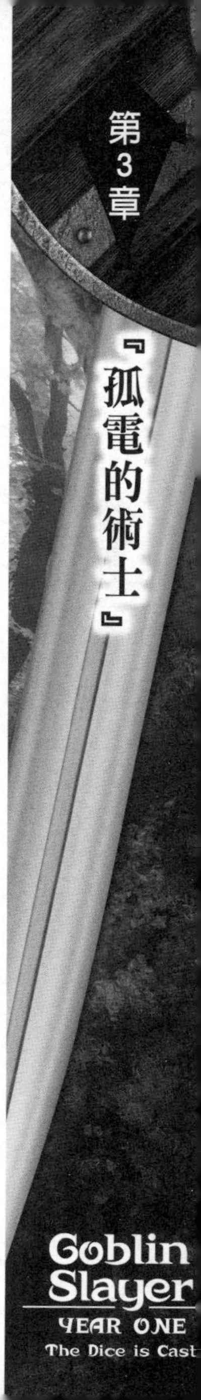

「嗯……唔……唔？」

牧牛妹感覺到細微聲響和有東西在動的氣息，迷迷糊糊睜開眼。

全身僵硬，體溫偏高，喉嚨陣陣發疼，頭很痛。

——我睡著了？

她趴在桌上，正準備坐起身——毛毯便從肩膀滑落。是舅舅幫她蓋的嗎？

天已經亮了，冷颼颼的空氣令人打起哆嗦。

牧牛妹揉眼看著清晨的白光透進室內。

「——!?」

瞥見一道緩緩移動的影子，令她嚇得縮起身。

喉嚨深處發出緊繃的聲音，但她很快就想到那個人影會是誰，放鬆下來。

「什麼嘛，原來是你……」

「醒了嗎。」

他好像把皮袋之類的東西放到了桌上，發出喀啷聲。
牧牛妹按著心臟狂跳的胸口，吁出一口氣。
「……欸。都回到家了，把鎧甲脫掉吧？」
她用困惑、困擾的語氣試著建議。
他簡短回答「不能大意」，牧牛妹卻無法理解。
因為不明白，她抬起屁股準備起身。
「啊，對了。我煮了——」
「不必。」
我煮了飯——話還沒說完，就傳來他簡短的回應。牧牛妹瞬間啞口無言。
「馬上就要出門。」他接著說。「殺哥布林。」
「咦，可是……」
牧牛妹不知所措，視線游移。
眼前依舊是熟悉的飯廳景色，只是有某個裁成人型的東西立於其中。
她嚥下唾液，聲音有點在顫抖。
「……你才剛回來……對吧。」
「今天處理了其他事。」
他用十分低沉、平淡的語氣說道。

他──大概跟誰講話都是這樣，不只是對自己。

但不知為何，牧牛妹覺得這聽起來有如在黑夜中吹過草原的一陣風。

「之後要去工作。」

他如此說著，大剌剌地從牧牛妹身旁走過，將手伸向大門。

「啊，可是，房間、我打掃好了──那個，床單那些也洗乾淨了……」

「是嗎。」

他沒有再多說什麼。開門，關門，留下她一個人待在室內。

她連「勸你最好睡一下」、「勸你最好吃點東西」，都沒能說出口。

唉──她嘆著氣又坐回椅子上。忍不住趴到桌上。

「……搞不懂。」

她之前才決定要加油，也決定不再磨蹭下去。那麼，該做什麼才好？

牧牛妹完全不懂，額頭靠在還留有自己體溫的桌子上。

──他真的一天到晚出門耶。

對在外工作的人來說或許理所當然，但她覺得他不在家的時間還比較長。

他的工作就是這樣嗎？

牧牛妹心不在焉地想著，還是想不通。

直到五年前，爸媽總是在家裡陪她。在那之後，舅舅也一直陪著她。

而父母經商的小孩又如何呢？思及此，她發現自己不只名字，連人家的長相都想不起來。

「唉……」

牧牛妹深深嘆息。這時傳來地板發出的吱嘎聲。

「幹麼一早就在嘆氣？」

「舅舅……」

牧牛妹心想「我怎麼發出這麼窩囊的聲音」，坐起身向舅舅道早。

剛睡醒的舅舅一面活動僵硬的身軀，一面無奈地念了句「真是的」。

「睡在那裡會感冒喔。」

「嗯。我知道……」

——可是我在等他。

她沒有將這句話說出口，緩緩站起來。

「我去準備早餐……雖然只是把昨天的湯熱一熱。」

「嗯，麻煩妳了。」

舅舅坐到飯廳的椅子上，牧牛妹則移動到廚房。

她穿上圍裙，蹲下來看向爐灶。

裡面除了放著小小的陶器蓋子外，沒有任何溫度，只剩冰冷的灰。

牧牛妹先動手清出灰燼，裝進壺裡以免灑出。

畢竟灰可是能拿來擦鍋子、洗衣服的好東西。灑出來太可惜了。

清乾淨爐灶後，再將木柴和用來助燃的稻草疊進去。

之後只要拿掉陶器的蓋子，用風箱往昨晚燒剩的火種送風即可。

幸好火種順利燃燒起來，點燃爐灶裡的火。

「這樣就行了。」

牧牛妹輕輕拍掉手上的汙垢，站起來。

「……嗯？」

這段期間，舅舅注意到桌上的皮袋。

牧牛妹聽見舅舅疑惑的聲音，從廚房探出頭。

「啊，好像是他留下的。」

「怎麼，回來了嗎？」

「馬上又出去了。」

牧牛妹靦腆一笑——不，是苦笑。她覺得氣氛有點尷尬，便返回廚房做菜。

將鍋子放到爐灶上加熱，順便串起麵包拿去烤。

「……住宿費嗎。」

喀啷喀啷的金屬聲響起。似乎是舅舅打開了袋子，從中取出錢幣。

匆匆一瞥，雖說全是銅幣和銀幣，裡頭裝的金額還不少。

牧牛妹驚呼出聲，舅舅看了她一眼，嘆著氣說：

「明明不常在這過夜，還真是守規矩的傢伙。」

「他果然很忙吧？」

她無意義地──不，其實有意義──攪拌著鍋裡的湯，一面詢問。

「雖然冒險者……不太會給我很忙的感覺。」

「誰曉得呢。我也沒認識幾個冒險者。」

「這樣呀。」

牧牛妹簡短回答。

那麼，只要繼續跟他相處下去，就會明白了嗎？

例如冒險者過著什麼樣的生活，怎麼做才能幫助他們──

此時舅舅說的話傳入蹲下來檢查火勢的牧牛妹耳中。

「搞不好是交女朋友了。」

「────！」

牧牛妹感受到一股連自己都不明白原因的衝動，從地上彈起來。

與驚訝地看著她的舅舅四目相交。

「怎、怎麼了……？」

「沒、沒有，沒什麼——……」

呃，怎麼會。有點暈頭轉向，她的思緒亂成一團。

「不、不過，女朋友……不太、可能……吧？」

為什麼呢？聲音不受控制地拔尖了。舅舅回了句「大概吧」，接著說：

「畢竟他完全沒在打理外貌。」

「對、對嘛！」

牧牛妹放心地吁出一口氣——……

「但他正值那個年紀，又會賺錢。這樣的話，也有可能都泡在娼婦那——……」

聽見接下來這句話，她紅著臉將沉澱在內心深處的某種情緒吼出來。

「我討厭舅舅！」

她就這樣在衝動驅使下扯掉圍裙扔出去，衝到屋外。

留下拿著她扔掉的圍裙，一臉不知所措的舅舅。

他錯愕地看著手中的圍裙與大大敞開的家門，杵在原地。

「……」

舅舅無所適從地玩著圍裙，望向天花板，可憐兮兮地嘀咕道：

「……搞不懂。」

真的搞不懂青春期的女孩——……是嗎，那孩子也到青春期了啊。

「……不該提娼婦這種話題的。」

他從椅子上軋然起身，走向被姪女扔下不管的廚房。

檢查火勢、探頭看向姪女剛才還在攪拌的鍋子。裡頭是昨晚的菜。

「不過……」

要說搞不懂，那個年輕人也一樣。

他們並非素不相識。儘管有些模糊，他還記得他小時候的模樣。

他還活著。成為了冒險者。姪女很關心他。這些都不成問題。

問題在於——

「……哥布林殺手嗎。」

專殺小鬼之人。小鬼殺手。

聽說他被人這樣稱呼，也如此自稱。

他明白冒險者是靠名氣吃飯的，所以常幫自己掛上這類誇張的別名，可是……

「——希望別害那孩子遇上什麼怪事……」

他下意識喃喃自語，覺得自己像個女兒被怪男人拐走的父親，皺起眉頭。

總覺得，這種想法對妹妹和妹夫有些失禮。

§

哥布林殺手在公會的酒館買了蘋果酒，沐浴在朝陽下趕路。

『時候不早了。』孤電的術士昨日這麼說。『你明天早上再來。』

哥布林殺手有點後悔沒詢問她正確的時間。「早上」指的是幾點？

他思考片刻，決定大清早就過去。不方便的話只要在那邊等就好。

幸好酒館為了服務清晨出門的冒險者，已經開店了。

圃人（Rare）廚師大方地把蘋果酒賣給他，那瓶酒現在掛在他的腰部搖晃。

哥布林殺手一句話也沒說，默默前進，過沒多久便抵達河邊。

和昨日一樣的地點，有棟一樣的小屋。

不可思議的是，沐浴在晨光下，小屋給人的感覺還是跟昨天一樣。

水車吱吱嘎嘎轉動著，煙囪正在冒煙。一棟小小的屋子。

讓人有種這幅景色是被裁切下來的畫作的感覺。

他想了一下，走到門口，隨便地扣響黃銅製門環。

接著屋內便傳來「噢，門沒鎖，進來吧」的聲音。

哥布林殺手打開門，踏入依舊昏暗的屋內。

他穿梭於縫隙間，在連窗戶都被書本及雜物遮住的屋內前進。

她——孤電的術士跟昨天一樣，埋首於雜物中，在昏暗的房間最深處玩紙牌。

「窗邊溼氣重，所以我其實不是很喜歡把書放在那。」

她像在辯解般說道，喉間發出咯咯笑聲，坐在椅子上轉過來。

「你覺得我看起來在玩嗎？」

她面向站在身後的哥布林殺手，把手中的紙牌展開成扇形。

「賢者與賭徒存在共通點。這也是我的研究之一，類似編纂魔法書吧。」

孤電的術士把紙牌整理好，疊在一起，奸笑著進入正題。

「那麼，要談報酬對吧？雖然我昨天自己說早上，沒想到你這麼早就過來了。」

「要等妳嗎。」哥布林殺手問，她搖頭回答「不用」。

「時間是會不斷流逝的。要談事情的話當然越早越好。」

不過，你想要哥布林的知識啊——女人忍不住笑出聲，眼角泛淚。

「我還以為一個男性新手冒險者，有七成機率會說想要我的『身體』呢……」

她笑得肩膀顫抖，哥布林殺手默默等待她笑完。

過沒多久，她用白皙手指擦掉眼角的淚水，嘴角依然在抽動。

一刻意扭動身軀，衣服便緊貼在上面，突顯出身體曲線。

比起不在乎穿著打扮，似乎更接近沒必要花心思在這之上。

「我對自己的女性魅力還算有自信的說。」

「是嗎。」

「剩下兩成是想要魔法道具。最後一成則是我的知識。」

「是嗎。」

「……你真是出人意料耶。」

「是嗎。」

哥布林殺手無言以對，始終給予同樣的回應。

雖然他現在不會因為聊到男女關係而動搖，還是不曉得該做何反應。

到頭來，他低聲沉吟、陷入沉默。也就是採取和平常一樣的態度。

孤電的術士見狀，以手撐頰，嘆出憂鬱的一口氣，交換翹著的腳。

「你不問我『如果我說想要妳的身體，妳會怎麼做』嗎？」

「妳想被問嗎。」

「問一下嘛。」

來來來──她像要討抱似的展開雙臂，哥布林殺手「唔」了一聲。

「如果我說想要妳的身體，妳會怎麼做。」

「先用幻術讓你玩個盡興，再用忘卻術把記憶變得模糊不清，慢走不送。」

「是嗎。」

© Shingo Adachi

哥布林殺手如此回答，腦中突然浮現疑惑，歪過頭。

「不算詐欺嗎？」

「所謂價值並非絕對，而是相對性的。」

孤電的術士隨口掰了個理由，瞇起鏡片底下的雙眼。

哥布林殺手稍事沉思，最後判斷這段對話沒有意義。

跟師父常玩的猜謎一樣。言語表層的意思本身沒有意義，也沒有價值。

該解讀的是言外之意吧。

——原來如此。確實是相對的。

「那麼。」

哥布林殺手得出答案，將掛在腰間的酒瓶放到桌上。

「這東西對妳來說有價值嗎。」

「你昨天也帶了一瓶給我耶。算了，反正收下也不會有損失。」

放在她桌上的嶄新酒瓶，已經喝掉一半以上。

儘管如此，她身上卻不帶酒味，只有甘甜的蘋果香。

連喝醉的跡象都沒有，她咯咯笑著說：

「關於哥布林，和哥布林有關的知識……對吧？」

「沒錯。」

「哎呀，你來得正好。」

孤電的術士拿起蘋果酒，輕吻一下後將它放到桌子的角落。

然後抽出一疊羊皮紙，誇張地拍掉上面的灰塵。

「這東西被我放了一陣子。」

她又用像在辯解的語氣說道，呼出來的氣息帶著蘋果香。

「其實，我接了修訂怪物辭典（Monster Manual）的委託。」

「……」

哥布林殺手思考了一瞬間後詢問：

「公會的嗎。」

「他們會定期製作勘誤表（Errata）和修訂版，這很費工的。」

怪物的生態會隨時間變化——哥布林殺手也聽說過。

不過，要將世界法則全數正確地掌握並記錄下來，以人類的力量來說想必不可能。

覺得自己「理解了」不過是自以為是，大部分的人卻沒有自覺。

「這委託是恩師介紹的。搞得連我都要負責其中幾頁，超級頭痛。」

『所以？寫自己想寫的東西礙著你了？啊？有意見嗎！』

那名年邁的圃人也常常大叫著在本子上寫東西。

有一次，哥布林殺手問他「你在寫什麼」。

『詩。』師父是這麼回答的，『你會寫詩嗎？讀得懂詩嗎？』還連帶損了他一頓……

聽見她提及恩師一詞，這段回憶忽然浮現腦海，又立刻被他拋到腦後。

哥布林殺手憑藉自身的智慧推測，迅速說出他想到的答案：

「哥布林的部分嗎。」

「沒錯，哥布林的部分。」

她點點頭，朝哥布林殺手探出身子。

距離近得嘴脣幾乎碰到鐵盔。

哥布林殺手透過面罩的縫隙，凝視她的雙眼。

「我想解剖屍體，觀察他們的生態。相關情報會第一個提供給你，所以。」

她的雙眼在鏡片底下如深淵般搖晃。雙脣吐出蘋果味的話語：

「——你的專長是殺（Slay）哥布林對吧？」

§

簡而言之，那是一件徹頭徹尾的常見委託。

聽說位在邊境的農村外，出現了哥布林。

只有這點程度的話，倒還可以用「常有的事」帶過去。

畢竟離上一場戰爭過了五年。殘存的小鬼四處亂晃並不稀奇。

最後終於發生前往村外辦事的村姑險些遭襲擊的事件，村裡的年輕人聽了大為惱怒。

他們之中有人加入軍隊，參加了那場戰役，也有人從長輩口中聽說過。

倉庫裡有農具，只要找一下，也翻得出老舊的武器。人手也足夠。

足以趕走再三潛入村莊的哥布林。

問題是之後。

年輕人找到哥布林的巢穴，氣勢洶洶地想衝進去大開殺戒。

村長阻止了他們。

村長表示「年輕人沒必要冒險。去雇冒險者」。

「意思是，這是典型的……不對，固定的模式（Template）？」

「是這樣沒錯。」

哥布林殺手簡短回答。

「雖然村姑沒被擄走……但是這樣沒錯。」

白天的森林依舊昏暗，兩人一面交談，一面走在沒有開闢道路的森林中。

哥布林殺手撥開雜草，沿著數日前年輕人亂踩出來的痕跡前進。
神奇的是，孤電的術士拖著長長的斗篷，下襬卻沒有勾到枝葉。
從那彷彿在散步的步伐來看，她搞不好比哥布林殺手更游刃有餘。
——不是技術（Skill），而是力量（Level）的差距嗎。
哥布林殺手瞥了哼著歌走在後方的她一眼，下達結論。
對了，不曉得她有沒有加入冒險者公會？有的話等級又是第幾階？
由於對此沒有太大的興趣，哥布林殺手乾脆地拋開這個疑惑，忘記了。
「倘若如此，哥布林的群體說不定也有分等級。」
反而是接下來這句話吸引了他的注意力。
孤電的術士看起來沒有要與他對話的意思，更像是在自言自語。
「這次是初期對吧？居無定所的哥布林想擄走女人，因為他們企圖擴大規模。」
規模和氣焰愈發成長，大膽襲擊村莊，這是第二級。她扳起手指計算。
「到了不久後的第三級……」
「村子會滅亡。」
「嗯，沒錯。」
她點頭肯定哥布林殺手說的話，有如一名教師。
「受到魔神、邪教、闇人（Dark Elf）等不祈禱者的薰陶演變至這個地步，應該也不是什麼罕見的事。」

孤電的術士喃喃道出自己的想法，拿起腰間的酒瓶含住。她發出吞嚥聲，「噗哈！」呼了口氣，將酒瓶拿開，牽出一縷銀絲。舔去沾到唇上的幾滴酒液，「那麼——」她續道：

「不曉得有沒有第四級呢？」

「……」

「這感覺是你會問的問題，但我從來沒聽說過如此龐大的群體。」

哥布林王國。聽見她如歌唱般哼出這句話，他默默踩亂腳下的雜草。

「自私自利又暴力才是小鬼。就算有王統治也會馬上四分五裂，或是一下就被軍隊討伐吧。」

「還有冒險者。」

哥布林殺手簡短說道，聲音比想像中還低。他又補充一句：

「大部分情況下。」

「也對，畢竟有史以來從未出現過完美無缺的機構嘛。不管是祈禱者或不祈禱者。」

孤電的術士發出愉悅笑聲。

沒多久，他們在森林深處發現一座隆起的小山丘。

不，說山丘有點不對。

那是長著青苔、上方覆蓋泥土及雜草的墳墓。

稱之為墳山或許更加貼切。

大概是許久以前不知名的國王或武將吧，時至今日，他們的墳墓已連一點痕跡都不剩。

入口處有隻小鬼，手握長滿紅色鐵鏽的短槍，正打著呵欠巡邏……

「真是，這些傢伙根本看不出東西的價值。」

孤電的術士語氣並沒有字面上那麼生氣，反而像樂在其中。

她接著對哥布林殺手眨了下眼：

「你怎麼看？」

哥布林殺手低聲沉吟。

他和孤電的術士一起躲在草叢中，觀察情況。哥布林又打了個呵欠。

結論很簡單。

「殺掉。」

「再多等一下，說不定他就會換班或偷懶而主動回巢穴囉？」

孤電的術士抬頭瞄向被樹木遮擋，應該是太陽所在的方位。

「況且他看起來很想睡。說不定是夜行性？」

「或許。」
哥布林殺手謹慎地將她說的話記在腦中，檢查自己的武器。
他又思考了一次，制定行動計畫，以及失敗時該採取的對策。沒有問題。
「不過，要殺。」
「為何？」
孤電的術士興致勃勃地問，彷彿在調侃他。哥布林殺手回答得毫不躊躇：
「不管怎樣，哥布林就該殺光。」
「原來如此？」
那麼讓我見識一下你的本事吧。孤電的術士喃喃道，哥布林殺手將她留在身後，展開行動。
他調整呼吸，一口氣衝出草叢，投擲小刀。
「GOROGO!?」
哥布林還沒來得及大叫「發生什麼事」，小刀就刺進肩膀，痛得哀號。
哥布林殺手嘖了一聲。他本來瞄準的是喉嚨。
他拔劍出鞘，直接撲過去將劍刃插進小鬼頸部。
「GBRROB!?GOB!?」
哥布林吐著血奮力掙扎，槍柄抵住哥布林殺手的肩膀。

但他轉動劍刃，攪爛小鬼的咽喉後，哥布林抽搐了一下就不動了。

「一。」

「漂亮。」

孤電的術士拍著手，走向被血濺到、在屍體旁邊吁出一口氣的他。

「喉部果然是要害。跟人類差不了多少嘛？總覺得比較接近圃人。」

「不曉得。」

哥布林殺手拔出射偏的小刀，用小鬼的纏腰布擦去血脂。

同時也將用來攪爛喉嚨的劍刃擦乾淨，收回劍鞘。

最後拿走小鬼的槍，檢查狀態。

槍尖生鏽了，沒辦法突刺，倒是可以當棍棒用。他將槍背到背後，插進腰帶固定。

「有時也會沒徹底殺死。」

「這樣啊，沒能成為致命一擊（Critical Hit）嗎。有意思。」

她用手杖前端檢查屍體，掀開纏腰布偷看，咯咯笑著。

過沒多久，孤電的術士說聲「好了」，雀躍地抬起頭：

「解剖的樂趣留待之後再享受，進巢穴看看吧！」

「嗯。」哥布林殺手嘴上這麼回答，卻沒有立即行動。

他透過鐵盔，緊盯著孤電的術士。
「怎麼啦？」
她任憑他看著，揚起嘴角，撩人地歪過頭。
一股甜蜜的蘋果香飄散出來。
「……女人的味道說不定會被發現。」
「哦——」明明自己有可能被盯上，她卻興奮得兩眼發光。
「他們鼻子很靈嗎？明明住在這種顯然又髒又臭的洞穴裡。」
「有一次，照理說他們沒看見也沒聽見……」
哥布林殺手回想起在第一場戰鬥中學到的教訓。
「……還是發現了我。」
「——原來如此。」
她點了點頭，忽然脫掉披在身上的斗篷。
穿在斗篷底下的是長及肚臍的短衫，以及偏短的褲子，突顯出柔和的身體曲線。
「幫我拿一下。」
她把斗篷扔給哥布林殺手，從腰間抽出彎成神祕弧度的匕首。
然後一口氣朝小鬼屍體揮下，剖開醜陋肥大的小腹，抓出內臟。

用雙手掬起混濁的血液，像在沐浴般抹遍全身。

「因為我很喜歡那件斗篷。不過——嗯，這樣應該就行了。」

她展開雙臂轉了幾圈，有如在展示漂亮衣裳的村姑。

「如何？」

「大概。」哥布林殺手說。然後又補充道：「沒問題。」

「鼻子的構造，就是設計成不會特別留意同胞和平常使用的物品的氣味。」

她從哥布林殺手手中接過斗篷，像是要除去全身水氣般用力甩過後才披上。

「你也已經不會在意全新的皮革和金屬氣味了吧？」

「嗯。」

哥布林殺手點頭，望向墳墓入口。

「但，哥布林會。」

「沒錯！」

孤電的術士滿意地笑著拿起手杖。

「那麼，趕緊出發吧！」

哥布林殺手沒有回答，邁步而出，孤電的術士則跟在後面。

空氣中彷彿飄著淡淡的蘋果香。

肯定是錯覺。

因為在哥布林的巢穴，他從未感受過哥布林惡臭以外的味道。

§

哥布林殺手在黑暗中定睛凝視，嘆氣。

他從雜物袋取出火把，用綁著圓盾的左手握緊。

「混在暗處行動不是比較好？」

「那些傢伙夜晚也看得見。」他簡單回答湊過來的孤電的術士。「我看不見。」

沒必要特地讓自己置身於不利之中。

「這樣啊。」

孤電的術士興味盎然地說，噘起嘴。

「說不定與夜間視力無關，而是凡人(Hume)和小鬼所見的世界不同。」

她自言自語著。哥布林殺手專心傾聽，卻無法理解。

孤電的術士發現他聽不懂，「噢噢」點了點頭笑道：

「對你來說，重要的大概是哥布林能在黑暗中視物，而非夜晚。」

「是嗎。」

他將這句話刻在腦海。不是夜晚，而是黑暗。差別很大。

「對了，哥布林這種生物會用陷阱嗎？」

火把照亮周圍的景象，她看著遺跡的牆壁問。

「上一版的怪物辭典有寫到一些這方面的知識。」

「有次他們穿牆出來。」

哥布林殺手一面戒備，一面回答。孤電的術士瞇起眼。

「煎培根的聲音（註1）嗎。」

「……什麼？」

「請繼續。」

「……」

從墳墓外觀推估出的大小，以及現在位置、通道寬度、牆壁厚度。

以小鬼的力量弄得垮嗎？他思考著，卻仍無法預測。需要戒備。

「還有地洞，或埋伏。」

「實在很單純。說到洞窟，果然就是要讓牆壁或地板崩塌……一旦他們學到經驗，或許連遺跡裡的陷阱都……」

註1　出自科幻大師Robert Anson Heinlein名著《星艦戰將》，形容外星生物「蟲族」掘地時的聲響。

「不可能會用——這種小看他們的想法，我從來沒有過。」

「視居住環境而定的意思嗎。使用方式只要親自學習就好，不同地區的陷阱也不同，例如雪和沙漠——……」

孤電的術士自言自語著，陷入沉思，接著露出無憂無慮的笑容：

「篇幅沒多到可以寫這麼細呢。應該只會有『能使用原始的陷阱』這行字。」

孤電的術士滿意地笑了，指向上頭掛著生物屍體示眾的柱子。

殺掉，吃掉，侵犯，彷彿要炫耀其成果的哥布林象徵。

「於是這股惡臭、立足點、巢穴之狹窄、小鬼的惡意等細部事項，書上都不會記錄。」

哥布林殺手思考片刻，說「並不僅限於哥布林」。

她輕笑著回應「因為所謂的『全書』就是如此」。

孤電的術士的話語如歌聲般傳出，沿路未曾停歇。

這讓哥布林殺手完全靜不下心。

他不停環視周遭，豎起耳朵，集中精神注意細微的動靜。

身旁有除了自己和小鬼以外的聲音、氣息，有什麼東西在動。

——無法集中？

不，怎麼可能。僅僅是多了一、兩件事要注意罷了。

哥布林殺手將帶著腥味的溼潤混濁空氣吸滿肺部，緩緩吐出。穢物黏在鞋底，每走一步都會差點製造出腳步聲。必須留意。對了，這女人走路簡直沒有半點聲響——

「哦？」

她突然發出驚呼，停止說話，哥布林殺手也停下腳步。

「怎麼了。」

「你看這個。」她用杖指向腳邊的穢物。「是野獸的糞便。」

哥布林殺手蹲下來，毫不猶豫伸出裝備了皮護手的手指觸摸。

這個形狀他有印象。很小的時候姊姊教他的。

「不像哥布林的……」

「嗯，不是呢。這個大概……」

話說到一半，她望向墳墓的通道深處。

哥布林殺手也慢了半拍用火把照亮該處。

只有牆壁和地板在火光下搖曳，看起來有如線框(wireframe)。

此外，還有在遠方迴盪的細微聲響。這是——……

「是狼。」

野獸的低吼聲。

「會法術嗎？」

哥布林殺手低聲詢問，她回答「這麼小看我很傷腦筋呢」。

「真不想被人以為魔法師只會扔火球射閃電。不過——」

孤電的術士從懷裡掏出紙牌洗著，輕浮地笑了：

「我現在的身分可是委託人喔。該想辦法的人不是我，而是你。」

「是嗎……！」

在火光照耀下，他望見兩隻狼發出咆哮，踩著地上的穢物衝過來。

走到現在都沒遇過岔路，看來只能迎擊了。枉費他刻意隱密行動。

他將閃過腦海的思緒保留起來，直接揮出左手的火把。

一聲哀號傳來，撲向他的第一隻狼被橫向一掃，撞在牆壁上。

哥布林殺手沒有收回代替棍棒使用的火把，右手接著拔劍砍向前。

「嘎……!?」

可惜狼的衝擊在速度與體積加持下，威力占了上風。

他往狼的肩膀到胸口一帶砍去，卻被毛皮擋住，沒能造成致命傷。

狼藉著衝勁撞向哥布林殺手，將他撲倒在地。

劍自手中鬆脫，掉落在石地板，鐵盔壓得穢物濺起。

散發出血肉腐臭味的牙齒，瞄準他的頸部咬得喀喀作響。

——被咬斷喉嚨就完了……！

哥布林殺手當機立斷扔掉火把，硬是用左手的盾擋住狼牙。

從牆上摔到地面的狼也重整態勢逐漸逼近。沒時間了。

他放棄撿回佩劍，握住背上的槍。

「可、惡……！」

利用槓桿原理，將腐朽的槍柄折成兩半，反手用根部的石錘頭砸向狼的眼球。

慘叫聲響起。他抓住想往後跳的狼腿，再度將錘頭捅進眼窩，攪爛腦髓。

「………下一隻！」

他推開口吐白沫、不停抽搐的狼，站起身。

另一隻狼滴著口水，高高躍起撲向他。

他蹲低身子向前打滾，從下方閃避，左手抓住掉在地上的火把。

「喔喔……！」

哥布林殺手在轉身同時，將火把刺向狼的腹部。

一聲哀號傳來，肉與毛皮燒焦的刺鼻氣味伴隨黑煙傳出。

當然，火把本來的用途並非武器。這種用法會讓火立刻熄滅。

他卻把燒剩的部分塞進狼口，給予致命一擊。

「……哇喔。動作真俐落。」

「主戲在後頭。」

哥布林殺手一邊調整呼吸，一邊拾起劍，左手從雜物袋裡拿出新的火把。

「『阿爾馬（武器）……印夫拉瑪拉耶（點火）……歐菲羅（賦予）』。」

此時忽然響起彈指聲，空中冒出火花。

散發燐光的火苗飄到火把上，轉眼間燃燒起來。

孤電的術士抬起長靴鞋跟，踢了下名為小鬼巢穴的混濁土地，滿意地笑了。

「以紅色魔力之名祝福你。好了好了，請你保護好委託人喔？哥布林殺手先生。」

「行。」

哥布林殺手簡短回答，擺好架式，迎接與腳步聲一同從暗處逼近的軍勢。

穿戴廉價鐵盔、骯髒皮甲，拿著不長不短的劍和火把，手上綁著一面小圓盾。

「哥布林，就該殺光。」

戰鬥揭開序幕。

§

「GOROB！GOROBG！」

「GOOROGGB！」

是冒險者。沒用又懦弱的冒險者。還有女人。殺掉。侵犯她。

哥布林們噴著骯髒的口水，拿著各種武器蜂擁而上。

哥布林殺手在狹窄的通道上迎敵。

「二……三！」

「GGB!?」

「GOROG！GBBGB!?」

他將孤電的術士護在身後，用圓盾擋住哥布林揮下的生鏽短劍，舉劍突刺。

踢飛仍在抽搐的第一隻，藉以干擾立刻襲來的第二隻。

隨後擲劍扔向悠哉的第三隻，動作從未間斷。

「GBGB!?」

「四──五！」

他拔出插在圓盾上的短劍，在第二隻推開礙事的屍體時，用劍柄敲碎他的頭蓋骨。

哥布林從甩動四肢倒地的小鬼手中撿起棍棒，砸爛第四隻的腦袋。

「GOROGORB!?」

這樣加上一開始的哨兵，就是五隻。

雖然只會亂揮武器、一味攻擊他的盾，哥布林的攻勢卻不見減弱跡象。

「哇啊，真有魄力。我說不定會愛上你喔。」

始終袖手旁觀的孤電的術士笑道，語氣毫無誠意。

「不過想單靠數量壓倒敵人？是很符合哥布林的作風沒錯，未免太幼稚——唉呀。」

她發出宛如戲劇出現意外轉折時的驚呼。

「GOROGB！」

「GBB！GROGOB！」

哥布林殺手嘖了一聲。這陣叫聲是從背後傳來的。

入口方向也有哥布林群體——被包圍了！

「原來如此。雖然無法穿牆，這樣一來效果也差不多。大概有後門吧。」

「靠牆站！」

「是是。」

哥布林殺手大喊，待孤電的術士乖乖移動後便站到她身前。

他右手持棍棒，左手持火把，略微張開雙臂，威嚇兩側的哥布林。

只要不會遭到來自背後的襲擊，這樣就能保護她——在自己還活著的期間。

「六！」

「GOBOGOR!?」

他以棍棒牽制右側的小鬼，再將火把當成棍棒用，毆打左側的小鬼。

火把上的魔法火焰立刻吞噬哥布林頭部，將他燒成焦炭。

「GGGOB!?」

「看吧？不是**只會扔火球**對不對？」

《火焰賦予（Enchant Fire）》。

哥布林殺手對她低吟出的法術名稱沒有興趣。

他踹倒哀號著不斷掙扎的哥布林，隨即用火把的火點燃棍棒。

哥布林殺手高舉燃燒中的兩把武器，接連擊倒小鬼。

「七……八！九！……十！」

往右，往左。每當揮動燃燒著的武器，火粉都會在空中拖出一條形似尾巴的紅色軌跡。

殺小鬼雖然用不上魔法武具——魔力火焰倒是足以讓他們的行動產生猶豫。

熊熊燃燒的詭異兵器令小鬼不敢冒進，哥布林殺手則迅速發動攻勢。

「GGBGOR!?」

「GOB!?GGOBOGOG!?」

哥布林肉燒焦、哥布林血蒸發的臭味瀰漫，腦漿與頭蓋骨混在一起飛濺。

「是說，把這法術用在棍棒上還真奢侈……」

哥布林殺手注意到孤電的術士這句話，是在棍棒頂端的火焰消散時。

他擊斃的小鬼已經來到第十隻，而且也停止出現了。

哥布林殺手深深吐氣。

他大口喘息，甩掉妨礙視線的汗水。自己沒事。她也毫髮無傷。

但火把及棍棒實在不堪再用，他便隨手扔到地上。

接著踩斷屍體的手指，拿走看起來相對正常的劍做為替代武器。

「……還有、多少。」

體力問題本來就非一朝一夕能解決——他深深體會到鍛鍊的必要性。

一面努力調整呼吸一面詢問，孤電的術士悠哉回答：

「這個嘛，根據村人的證言和遺跡入口的足跡數量，應該差不多了吧。」

她把剝落的壁材當成椅子，坐在上面咯咯笑著。

「話說回來，你還滿厲害的耶。我好像終於快愛上你了。」

「是嗎。」

「哎呀，真冷淡。」

「只要是玩笑話，我都不打算當真。」

「竟然無法用言語蠱惑人心，我快喪失自信了……噢，好像來囉。」

用不著她說，哥布林殺手也聽見了那陣聲響。

「咚」、「咚」的沉重步伐。從遺跡深處傳來的跫音，前幾天他也曾聽過。

堵住整條通道的巨大身軀——不，不僅如此。還有個影子藏在他腳邊移動。

「鄉巴佬（Hob）和…………」

「…………喔喔，所謂的薩滿嗎。即將進展到第二級的意思。」

一臉愚鈍的巨大哥布林。

腳邊則是一臉狡詐的持杖哥布林。

看不出誰是頭目。不過，可以知道這群哥布林的老大們總算現身了。

孤電的術士得意地喃喃著：「也就是說，剛才的柱子是圖騰柱之類的東西。」

哥布林殺手不知道這件事。哥布林殺手的著眼點不同。

大哥布林手上，拿著**盾**。

人形的盾。宛如四肢被往不合理方向折彎的人偶。

「啊……咿……」

沒聽說有村姑被抓走。是流浪者或旅人嗎。

大哥布林揮動盾牌，故意讓他們看見上面的女性。乳房撞上牆壁，女性尖叫出聲。

哥布林們咧嘴大笑。

他們似乎一點都不在意夥伴喪命，嘲笑著那面慘不忍睹的盾牌，以及肯定下不了手的冒險者。

「…………」

孤電的術士咕噥著「喔喔，好過分」，一副事不關己的態度。

「不曉得有沒有懷孕。唔，真想觀察胎兒的狀態。」

哥布林殺手無視她，調整呼吸。

他慢慢舉起手中的劍。

視野晃動著。停止呼吸。瞄準目標。手臂稍微低一點。就一點。

透過先前的戰鬥，他明白了一件事。

——這些傢伙不懂盾牌的用法。

「GOROGOBOGOR！？！？」

哥布林——大哥布林發出難聽的含糊慘叫。

那傢伙八成不知道發生了什麼事，或是難以置信。

哥布林殺手擲出的劍，刺中盾牌遮蓋不住的巨大身軀胯下——……

「喔喔！」

他將右手伸向背後，抓住那把斷槍的槍尖，跳起。

哥布林薩滿看見大哥布林的醜態，大叫著舉起手杖。

「GOBOOGOB……！」

「他要用法術了！」

孤電的術士出聲警告。沒問題。他知道。

「GOROOOGOB!?」

「唏咿……!?」

大哥布林將手中的俘虜甩了好幾圈扔過來，他用單手接下。很輕。絆不住他。

哥布林殺手大大跨前一步，同時單手挺出槍尖。

「十、一！」

「GOBOOROG!?GOBOG!?」

距離夠近了。且無論對方的要害在何處，念咒的器官都一樣。口與舌。破壞咽喉。

哥布林薩滿發出含糊的慘叫聲，生鏽的槍尖碎掉一半，深深貫穿喉頭。

他踢倒吐著血沫掙扎的小鬼，踩過去，面向大哥布林。

「GORGGBBB……！」

「十二……！」

雙手已空。但武器近在眼前。

面對痛得扭動身軀的鄉巴佬揮來的巨臂，哥布林殺手踹向他兩腿之間。

「GOOBBGBGRGBG!?」

當然是連劍一起。

藉由柔軟的觸感，可得知朝體內深埋至劍鍔的尖刃刺中了內臟。

——但這種程度殺不死你。

「GOROGBB！？！？」

他讓俘虜躺下來，襲向滿地打滾的大哥布林。

左手的圓盾揮落。如果把它磨利一點應該會更輕鬆。他稍作反省。

金屬製的邊框，深深剖開大哥布林的頭蓋骨。再一擊。腦漿噴出。

大哥布林又抽搐了幾下，發出臨死前的哀號，肥胖的四肢僵直不動。

這樣就結束了。

§

劈啪作響的火焰旁，瀰漫混在煙霧中的腐臭味。

昏暗的遺跡內部被比方才更加濃烈的臭味籠罩，令人反胃。

「那裡是胃，這是小腸……這點程度你知道吧？」

「嗯。」

「要分析食物的話就看這兩處。這邊則是膀胱、精巢。男人的那話兒。是要害喔。」

孤電的術士用布遮住嘴，手持如貓爪般彎曲的刀具——手術刀嘀咕道。

她胡鬧似的說這隻小鬼很大，那隻小鬼很小，哥布林殺手則認真聽著。

他們面前躺著腹部被殘忍剖開、拉出內臟的小鬼。

慘不忍睹的哥布林屍骸——同樣被開腸破肚的還有好幾隻。

她用指尖玩弄著哥布林的性器，笑著說「是能弄哭女人的極品呢」。

「不過，似乎真的沒有雌性哥布林。沒看到有子宮或卵巢的。」

戰鬥結束時天色已暗，夜晚是哥布林的時間。

是否該讓這女人穿著被乾掉的血染成暗紅色的圍裙，悠哉地解剖屍體？

在剖開小鬼腹部期間，哥布林殺手依舊心存疑惑。

「有殘黨的話搞不好會回來喔。」

然而意外的是，如此說道並主動提議紮營過夜的人，是孤電的術士。

哥布林殺手至今依然無法理解她的意圖。

是因為有殘黨才盡早開始解剖，還是想邊解剖邊埋伏殘黨——……

「你不會希望那孩子又被哥布林襲擊吧？」

她咯咯笑著。剛才那名少女經過治療，正裹著毛毯，在魔法的效果下沉沉睡去。

無論如何，總比在抱著小鬼屍體和俘虜移動時遇襲來得好。

哥布林殺手除了答應外別無他法，既然如此，要做的事只有一件。

「交給妳解剖。」

她的手法異常俐落、美麗。

雪白的指尖沾滿暗紅色血液，像隻貓般目光炯炯地操作著手術刀。

「肝、腎的位置都與凡人沒有差別，雖然我不清楚其他種族的內臟位置。」

「是嗎。」

「因為沒給我解剖森人或礦人的機會嘛。也很少有圃人扒手的屍體。」

她攪動哥布林的臟器，抓住肝臟，動作輕描淡寫到能用慈悲為懷形容。

「被打中會超痛，被刺中會大出血，只有奇蹟才救得了。」

「……之前有隻小鬼被刺中腹部還在動。」

哥布林殺手提出很久以前就覺得奇怪的疑問。

「為何？」

「體力（Toughness）……不，是因為耐打程度（Hit Point）吧。」

孤電的術士先慎重地下完但書「雖然我沒親眼看到，無法斷言」，才說出她的推測。

儘管兩人認識的時間不長，她似乎是那種不知為不知、不會妄加斷言的類型。

對哥布林殺手來說，是非常好的優點。

相信未經證實的情報，因而瞧不起敵人，未免太過愚蠢。

若要跟許久不見的親戚吃飯記得事先打聽——這好像是師父說過的話。

「受到致命傷也不會立即死亡。也有可能是肌肉、脂肪害刀刃刺不進去。」

「原來如此。」

她用手指測量哥布林殺手愛劍——雖然他自己沒有把它當成愛劍——的長度。

是把用完就丟、不長不短的劍。比在戰場上佩帶的劍短，以備用武器來說又太長。

拿來在封閉空間斬殺小鬼是足夠，但對付大型個體，是否該避免用刺的……？

不過比起斬擊，刺擊能更加確實地殺死敵人。將其排除在選項外實在太蠢。

「該瞄準哪裡。」

「我看看，等我一下。」

她露出一副有人向她點餐的態度，攪動小鬼屍體。

和她的動作一比，哥布林殺手明顯看出自己先前解剖得有多麼隨便。

有無專門知識和技術，會如實反映在這種細節上。

哥布林殺手定睛凝視、豎耳傾聽，以免漏看她熟練的動作或漏聽任何一句話。

「…………嗯，大腿、腋下、脖子有大血管，呼吸道也與人類無異。就是這些地方。」

「脖子……喉嚨嗎。」

哥布林殺手點頭沉思。破壞咽喉。剛才這招也很管用，效果一目了然。

同時，他想起自己扔向哨兵的短劍射歪了。該做什麼顯而易見。

「需要練習。」

「呵呵。說到與人類無異，再加上練習……」

孤電的術士帶著意味深長的眼神，瞥向昏暗的遺跡內部。

彷彿在勾引男人的雙眼，盯著像垃圾般堆積起來的某些東西。

推測是墳墓的陪葬品。而在刀刃缺損、拿來突刺可能會折斷的生鏽武器堆中……

一樣滿是補釘、歪七扭八的皮革製品，在巢穴深處被兩人發現。

「竟然有鞍呢。」

哥布林殺手面無表情，聽孤電的術士感嘆道。

小鬼騎兵（Goblin Rider）。

那些哥布林把狼養來當騎獸。

「……果然是五年前的大戰嗎？」

「不曉得是模仿其他種族，抑或有人教出來的。小鬼竊得了騎術的奧祕。」

她解開遮嘴的布，仔細擦拭雙手上的血，用酒精消毒。

隨後將手撐在柔軟的大腿上托著腮，瞇起眼睛，望向哥布林殺手。

「生物會逐漸適應生存環境。」

若要打比方，她的視線就像在觀察昆蟲，有點詭異。

乍看像是好奇，卻又一副對觀察對象沒興趣的模樣——……

「你知道嗎？在寒冷地區生活的凡人，會長得比較高大。例如北方——山後面的蠻族。」

「……在故事書裡讀過。」

哥布林殺手想起姊姊念給他聽過的童話故事。

北方的蠻族。勇敢的男人。是戰士又是盜賊。蹂躪財寶與王座的他所經歷過的諸多冒險。

只憑手中那把劍就從奴隸變成傭兵，當上將軍，最後成為國王的偉大男子的故事。

那對他而言是歷史，是神話，是傳說，也是童話。

與是否實際發生過無關。誰嘲笑他都無所謂。

對他而言，那則英雄傳說正是真實。

「信奉鋼的民族……」

「沒錯。」

孤電的術士點點頭，隨手脫下圍裙扔掉。

她一屁股坐到營火旁，拍拍身邊的地面，叫哥布林殺手過去。

哥布林殺手覺得不敢置信，咕噥道：

「妳知道嗎。」

「荒涼的闇與夜之國。那些不明白他是何等豪傑，嘲笑為肌肉主義者（Machismo）將遭到詛咒。」

他點頭表示肯定，想了一下，坐到仍在沉睡的俘虜旁——孤電的術士對面。

孤電的術士見狀，輕笑著說「這樣也行啦」，像位魔法師似的凝視火焰。

「這是我從師父……蜥蜴人（Lizardman）那聽來的，據說很久很久以前，有段非常寒冷的時期。」

是傳說喔。孤電的術士沒有出聲，只用脣形說道。

「既然早在那個時代就已經有小鬼，你說的鄉巴佬搞不好是返祖現象。」

哥布林殺手望向離營火有段距離的屍體。

剛才自己經歷苦戰後葬送的——大哥布林。

外表一點都不像哥布林，他也沒去思考過原因……

「意思是他的肌力較強，只是體格變化導致的結果……？」

「或許吧。所以小鬼的祖先有可能並非穴居，而是生活在平原呢。」

孤電的術士拿起酒瓶含住，舔拭般用舌頭將酒精運往口中，咕嘟一聲吞下。

「小鬼這種生物，勢力一壯大無非都會往平原進軍、掠奪村莊……對吧？」

「……」

哥布林殺手低聲沉吟，然後點頭。

「偶爾。」

「從這個角度來看，營養狀態也不容忽視。如果他們過著正常的飲食生活，不曉得會怎麼樣。」

哥布林殺手陷入沉默。

他無法想像。

骯髒的小鬼吃著和凡人同樣的食物，過著和凡人同樣的生活。驚悚的畫面。

即使是在被混沌勢力支配的領地，小鬼也只不過是最底層的雜兵。

若要翻轉他們的地位，勢必得等到小鬼贏過四方世界所有有言語者之時吧。

哥布林沒有能力自己製造東西——全是搶來或偷來的。

「噢，對了，你知道關於魚的體型和群體的研究嗎？」

孤電的術士嘴沒有停下。哥布林殺手被迫切換思緒。

「不知道。」

他冷淡地回答對方突然扔出的疑問。

沒什麼好慌的。跟在猜謎途中被扔石頭比起來好多了。

「也沒聽過。」

好吧，不意外。孤電的術士點了點頭，接著說「我也是從師父口中聽來的」。

「跟群體生活在一起的小魚，和獨自生活的小魚，會長大的是後者。」

「……聽起來很理所當然。」

「調查那個『理所當然』就是所謂的學問。知其然不知其所以然，就不叫理所當然了吧？」

她挺起豐滿的胸部，嘴角掛著笑容，略顯得意地說。

「過度密集的群體會妨礙成長，糞便弄髒水質，造成焦慮，還會自然而然開始互食……」

「……」

「與哥布林無異。就是這樣。」

哥布林殺手依然沉默不語，只見營火的木柴發出聲音倒下。

他感覺到孤電的術士正竊笑著，彷彿能看穿鐵盔的視線刺在他身上。

但那又如何？哥布林殺手說：

「……妳的語調讓人覺得很奇妙。」

「不是說過嗎？我的師父是蜥蜴人。這是蜥蜴人流。換言之，我可是徹頭徹尾的異端學徒呢。」

孤電的術士隔著酒瓶注視火焰，舔去從瓶口滴落的酒。

「然而，蜥蜴人們並不會試著留下紀錄。我才想說那就由我把它記在腦海吧。」

圃人寫起東西天馬行空，礦人沒意願多談，森人則是會止步於「知其然」。

不死(Immortal)的魔法師只肯寫給自己用的備忘錄，加上腦袋又是死的。

她苦笑著抱怨，他卻只簡短回了句「是嗎」。

「至於龍，牠們不需要紀錄，靠記憶就夠了。因為龍不會死，也不會遺忘。」

哥布林殺手用手邊的棒子攪動營火，回答「是嗎」。

孤電的術士應了聲「沒錯」，咯咯笑著。

「龍是會囤積財寶的生物。知識同樣是寶，不可能無償分享給別人。」

她像在唱歌似的獨自吟誦。火花迸裂，為她增添音色。

——知識是寶。

好好看看此刻身在洞窟中的賢人吧。

為了撰出一頁文書，究竟得要有多少賢人魔法師絞盡腦汁？

「話雖如此，殺掉牠們的話知識就會消失。想將其從龍的腦中竊取出來，連忍者都沒那個能耐。」

哥布林殺手突然想起自己的師父，那位圃人老者。

——我為啥要特地指導一個會被哥布林殺掉的垃圾!?

師父這麼罵道，用力毆打愚蠢的自己的腦袋。

無知無學，天真地以為自己能夠取勝的蠢貨，又有什麼寶物能給他呢？

他突然想到，莫非她的蜥蜴人師父就是龍？

但他的好奇心僅止於此，也沒想過要去追問。

「假如能有機會獲取龍的知識……」

她的臉頰微微泛紅，無法分辨是因為酒精，還是火光的緣故。

然而那雙陶醉迷離的眼眸，轉向了哥布林殺手的頭盔：

「相較之下，選擇索求小鬼相關知識的人，真的只能用『怪怪的』來形容。」

「是嗎。」

哥布林殺手回道。對話再度中斷。

營火劈啪作響，木柴又垮了。他豎起耳朵。沒聽見小鬼的腳步聲。

只聽見自己模糊的呼吸聲，以及她平穩的吐息。沉沉睡去的少女的鼻息。

他聞到參雜在腐爛穢物與鮮血、內臟氣味中的甘甜蘋果香。

「該調查的差不多有生態、習性、由來、亞種、棲息區域、知覺、智商、文化吧。」

不久後，她語氣快活地隨口說道，打破沉默。

「其他我就不打算自己調查了。例如……語言之類的。哥布林語……」

你覺得有嗎？這幾天，孤電的術士再三提出像在開玩笑的疑問。

「有。」

哥布林殺手如此斷言。毫不迷惘。

「你確定？那說不定是叫聲，只是聽起來像在對話。」

問都不用問。五年前他就知道了。

「我看過他們指著俘虜嘲笑。」

「意思是，哥布林具有開玩笑的文化。」

孤電的術士又擺出一副教師誇獎學生的態度，高興地點頭。

哥布林殺手無法理解她話中含意，默默回望。

她絲毫不在意隔著頭盔面罩注視自己的視線，用靈活的舌頭接著說：

「你想怎麼做？這可是個新發現耶，是你最想知道的哥布林的知識喔。」

「……是嗎。」

「沒錯。研究這種東西，本來就是靠實地調查一步一腳印累積而成——不僅限於怪物方面。」

龍之書（Draconomicon）、惡魔之書（Demonomicon），變種的話則有鼠人之書（Skaven）。

孤電的術士扳起手指計算，吐出一口氣，宛如看見珍稀物品的小孩。

「你遲早可以寫出一本《殺手入門書（Slayer's Guide）》喔？」

「沒興趣。」

哥布林殺手依然答得毫不迷惘。

為什麼？孤電的術士輕聲詢問。

「找出小鬼的起源（Roots）廣傳出去，應該能殺掉更多小鬼的說。」

他輕描淡寫地回答很久以前就下定的決心。

「因為在做這種事的期間，會有村子被哥布林滅掉。」

「——」

這次換成孤電的術士陷入沉默。

在哥布林殺手眼中，她看起來像是無言以對。

但他的答案不會改變。五年前——不，更早之前就決定好了。

「而且，我知道哥布林是從哪來的。」

哥布林殺手說。

「綠色月亮。」

他如此斷言。想起姊姊說過的話。姊姊應該不會搞錯才對。

「有人告訴我的。」

「……」

孤電的術士沒有馬上回答。

她拿起酒喝，擦乾淨嘴角，目光從火焰上移開，低下頭。

「穿越者（Planeswalk）……嗎。」

神祕的辭彙。魔法師所說的話全是這樣。

她露出十分僵硬──有點像硬擠出來的笑容：

「那是虛構的故事。用來管教小孩的說法。是種玩笑話……對吧？」

「我不會笑。」

「……」

對話至此中斷，直到天明。

因為孤電的術士沒有再說話，他也沒有主動開口。

沒多久，第一道曙光從遺跡入口射入。

白光宛如一條蛇，筆直爬到他腳下，哥布林殺手站起身。

沒有哥布林的餘黨。全殺光了。剩下該做的只有返回村落，安置少女，回家。

哥布林殺手背著少女邁步而出，孤電的術士默默跟在其後。

走出遺跡後，陽光穿過枝葉的縫隙，像根針似的刺進眼中。

哥布林殺手在鐵盔面罩底下瞇起眼睛，緩緩走向森林。

「久遠之闇。」

孤電的術士尾隨著，突然喃喃自語。

「桌面(Table)的盡頭、虛無的對側、永遠的彼方、永劫的探求。」

哥布林殺手完全聽不懂她在說什麼。

對於那有點寂寥的語氣，也沒太大興趣。

「所謂出外靠旅伴……不過，並非每個人都能抵達同一個地方、吧。」

因此，他也沒有把這句話記在腦海的意思。

間章

「櫃檯小姐煩惱的故事」

「……唔——」

她很清楚不能抱怨無聊，依然忍不住嘆了口氣。

下午的冒險者公會，瀰漫著午休時間結束後的懶散鬆懈氣氛。

旁邊的同事敏銳地聽見櫃檯小姐趴在櫃檯嘆氣，問她：

「怎麼了怎麼了？發生什麼事？」

「什麼事都沒發生。」

這人身為至高神的信徒，這種時候卻興奮地探出身子。

她可不想被同事當成玩具。

櫃檯小姐別過頭，同事哈哈笑了出來。

「是那個妳看上的新人嗎！」

「唔……」

被說中了。

準到讓人懷疑她是不是用了直覺(Inspiration)的神蹟。

但她記得那神蹟應該是屬於知識神的——……

「最近都沒見到人家？」

「……妳那什麼說法啊。」

眼看同事像隻貓——還是隻玩弄老鼠時的貓——奸笑著，櫃檯小姐嘛起嘴。

講得一副自己滿心盼望他來的樣子。

「有什麼關係呢？冒險者也有自己的人生嘛。」

同事笑著說。對方有權憑自身意志選擇要在何處戰鬥，在何處死亡。

「我知道啦。」

櫃檯小姐嘴嘛得越來越尖。

「他的委託還是一樣處理得很完美，最近好像在忙著協助魔法師小姐。」

「噢，原來是因為那個啊。」

——她犯下致命的失誤(Fumble)。

友人臉上的笑意越來越深，櫃檯小姐為先前脫口而出的那句話，在內心懊悔不已。

又沒什麼，沒錯，照理說沒什麼好在意的。

冒險者有各種工作可接，得到一位老主顧。值得高興不是嗎？

只不過，那個、該怎麼說才好……

——讓人心情有點煩悶呢。

孤電的術士——住在鎮外水車小屋的怪人魔法師。或者該稱為賢者。

她知道對方雇用他當研究助手，所以他一天到晚去那棟小屋。

不如說，當初介紹委託的人就是自己。是自己沒錯，但……

——那兩個人挺配的不是嗎？

聽見這樣的傳聞時，不知為何，胸口總會悶悶的。

對於連有沒有明天都不曉得的冒險者來說，戀愛、黃色話題、無厘頭的謠言是珍貴的樂趣之一。

不負責任地道聽途說乃理所當然，沒必要一直放在心上。

況且歸根究柢，是她透過魔女介紹這份工作給他的。

她發自內心覺得自己這麼任性很討厭。唉，說到底，兩人本來就一點關係都沒有。

沒錯，只是一般的冒險者，與冒險者公會的櫃檯小姐。

像這樣胡思亂想、煩惱不已，擅自把不滿悶在心中，未免太一廂情願了。

——這個嘛……

哥布林殺手。被這麼稱呼的冒險者是個怪人，開口閉口都是哥布林。

確實有點奇怪。櫃檯小姐也覺得不能怪別人這樣叫他。

跟這樣子的他變得有那麼一點熟的自己，應該是少數派吧。

不過，孤電的術士才認識沒多久，就已經和他打好關係——她是怎樣的人呢？

聽說公會委託她修訂怪物辭典。

還聽說她是某位知名魔法師的徒弟。

可以確定她八成在研究、追尋著什麼。魔法師大多如此。

不過，聽說她渴求著連結為死者之夏劃下句點的十二騎士的天秤（註2）……這個謠言就是空穴來風了吧。

天秤本身是平凡無奇的東西。僅僅是因為找到它的騎士很優秀罷了。

她在尋找始祖的極樂鳥（註3）的傳聞還比較有可信度。

不管怎樣，櫃檯小姐對他一無所知，對她也一無所知。

註2　暗指卡牌遊戲《魔法風雲會》中的巫術卡「Balance（日譯：天秤）」。一九九六年夏季舉辦的世界賽，由於黑色牌組強勢盛行，被玩家稱為「黑之夏（Necro Summer）」。澳洲選手Tom Chanpheng事先預測此一態勢，以相剋的白色速攻牌組「十二騎士（12Knights）」殺入決賽，最終在極度劣勢中抽中牌組內僅一張的此卡，擊敗當時公認的世界最強玩家Mark Justice逆轉奪冠。

註3　暗指《魔法風雲會》中的生物卡「Birds of paradise」。一九九三年發行的初代卡牌視保存狀況，拍賣價格可達數萬美金。

那八成就是導致她心情煩悶的最大原因——……

「好了啦，想開點。」

見她這副德行，同事笑著輕輕撫摸她的背。

什麼意思？櫃檯小姐轉過趴在櫃檯上的頭，用視線抗議。

「畢竟我們也不是只要會說『歡迎來到冒險者公會。請問需要什麼服務？』就好吧。」

「可是，那就是我們的工作喔？」

「工作是為了生存吧——？」

「這個嘛，嗯，是沒錯。」

「那不做得開心一點，不是很吃虧嗎？只要盡情煩惱、盡情戀愛就行了。」

「戀愛……」

櫃檯小姐忍不住苦笑。她覺得這位同事——這位朋友太操之過急了。

——操之過急？

這個想法掠過腦海，櫃檯小姐感覺到自己的臉頰瞬間泛紅。

她明明還沒為自己對他抱持的感情命名。

「——打擾了。」

就在這時。

開門聲傳來，有個人用正常步行的速度滑進公會。

櫃檯小姐眨眨眼睛。

用骯髒的斗篷遮住臉，彷彿被從周遭的景色中截取出來，顯得特別突出的——不可思議的存在感。

「有件事想拜託妳們。因為最近搞不好會用到。」

孤電的術士說道，櫃檯小姐反射性點頭回答：「請說？」

「出門了。」

「啊，嗯……」

這麼早？牧牛妹將這句話吞回去，目送他在清晨昏暗的光線下離開。

又沒說到話。早餐也沒吃。昨晚當然也沒吃。

——他變得會回家是很好沒錯，不過……

牧牛妹憂鬱地嘆氣，趴到餐桌上，豐滿的胸部都被壓扁了。

他偶爾會在房間睡。跟剛重逢時相比，散發的氛圍也不一樣了。不過——……

——擅自幫他做這些事，會不會給他添麻煩呀。

不能怪她這麼想。

事情果然不太對勁。

最關鍵的部分——他是否不只是去當冒險者？

牧牛妹常跑公會，因此也有聽說。

哥布林殺手。

專殺小鬼之人。

原因問都不用問。

她想問的是「我該為你做什麼才好」。

牧牛妹回想起坐馬車離開村子時，回頭看見的景色。

黃昏，她跟他吵架弄哭了他，自己也忍不住哭出來的時候。

已經完全看不清楚，細節變得模糊的雙親面容。

埋進地底的空棺材。

她的記憶中，沒有故鄉毀在哥布林手中的畫面。

沒有。

只有一段空白，有如努力堆好的沙堡被潑了一桶水。

「…………唉。」

是自己太雞婆嗎？

牧牛妹頭轉向一邊，看著廚房。

鍋裡裝著滿滿的燉菜，等待加熱的時刻來臨。

那個時候，他穿著破破爛爛的裝備回來時，開心地吃了——她是這麼認為的。

這說不定是她的願望。她希望他開心地吃下它嗎？

「……搞不懂。」

搞不懂他。也搞不懂冒險。

在她思考的期間，天色逐漸變亮。

窗外漾起白光，舅舅也快起床了吧。

「……得去準備舅舅的早餐。」

——搞不好是交女朋友了。也有可能都泡在娼婦那——

「…………！」

舅舅之前說的話閃過腦海，她拍了下餐桌，站起來。

臉好燙。非常燙。肯定整張臉都紅了。牧牛妹用力搖頭。

「去、去洗把臉吧……！」

她激動地跑出家門，然後——

「……咦？」

看見陌生的景象，停下腳步。

之前才在想「得快點修好才行」的柵欄，做了粗糙的補強措施。

「……？」

牧牛妹想了一下，猜測大概是舅舅修好的，立刻跑向水井。

§

跟之前一樣的地方，有棟一樣的小屋。

水車吱吱嘎嘎轉動著，煙囪正在冒煙。一棟小小的屋子。

牛奶般的朝霧瀰漫空中，哥布林殺手直接走到門口。

他粗魯地敲門，屋內傳出「進來」的聲音。

哥布林殺手推開門，走進堆滿書本的昏暗屋內。

往內部前進，一面留意不要撞倒一眼就看得出是雜物、卻無法判斷用途的小山。

「噢，抱歉。我現在抽不出身。」

孤電的術士坐在巢穴最深處的桌子前，手動個不停。

她的指尖如同魔法似的抽出、翻開、轉向、覆蓋卡牌，整理好疊成一座山。

就像在變魔術，把玩著畫上各種怪物與風景的圖卡。

「我帶了蘋果酒。」

「嗯，放那邊就好。」

她看都沒有看這邊一眼，哥布林殺手隨便找了個地方放下酒瓶。

數只空酒瓶倒在地上，散發出甘甜香氣。

參雜蘋果與藥味的她的味道。

「還有，這是妳要的東西。」

哥布林殺手搜著雜物袋，抓出一只小麻袋。

袋口綁得很緊，不過屋內立刻開始出現淡淡異臭。

雖然也可能是身上有點髒的他造成的——

「小鬼糞便。」

「嗯，放那邊就好。」

她的態度十分冷淡，哥布林殺手卻一點都不介意，隨便找了個地方放下袋子。

最近幾天一直是這樣。

怪物辭典分配給小鬼的篇幅很少。

但那並不代表「撰寫時可以不必經過調查」——她是這麼說的。

回收與小鬼有關的物品、帶來給她、收取報酬。

不管放在哪，下次來的時候東西都會不見。他認為沒有問題。

「報酬呢？」

「啊，嗯。對喔。」

模稜兩可的回答。哥布林殺手耐心地等待她繼續說下去。

他盯著那嬌小的背影，過沒多久，她突然發出「啊」一聲，一副現在才想到的態度。

「那邊的卷軸，你可以拿去。」

這句話聽起來像在把不要的東西扔給他，他卻回答「知道了」。

他如她所言看向「那邊」，數捆仔細捲好的卷軸堆在一塊。

「哪個都可以嗎。」

「哪個都可以喔。」

哥布林殺手「唔」地想了一下，隨便抓走最上面的卷軸，以免撞倒卷軸山。

材料似乎是羊皮紙。裝訂方式很單純，就只是用綁法奇特的細帶繫住。

即所謂的魔法卷軸（Scroll）。哥布林殺手也是第一次看見。

「這是？」

「效果的話，去路上隨便找個魔法師問吧。」

講完這句話後，孤電的術士似乎就將他排除在意識外了。

紙牌一張張翻開，在桌上舞動，正反面與位置不停變換，最後疊在一起。

翻動紙牌的手指上，戴著那只燈的戒指。彷彿有火焰在裡頭燃燒。

哥布林殺手看了一下，知會孤電的術士後，離開小屋。

關上門前，從裡面傳來「拜囉」的聲音。是在跟他道別吧。

大概。

§

「……怎麼、了？」

魔女冷淡地詢問來到酒館的哥布林殺手。

她把手杖靠在牆上，優雅地翹著腳，懶洋洋坐在角落的位子休息。

不時會有其他冒險者瞄過來，她果然很引人注目。

新人，又是單獨行動的女性魔法師，想必有很多冒險者想搭訕她。

然而，那些人一看到站在對面、身穿骯髒鎧甲的人，眼神就移開了。

魔女看似有點坐立不安，手指捲著頭髮，用帽簷遮住視線，望向他：

「又、要……鑑定……嗎？」

「嗯。」哥布林殺手點頭，想了一下後補充道：「能拜託妳嗎。」

「……這個，嘛。」

她伸出美麗的手。是叫他把東西拿出來的意思吧。

哥布林殺手從雜物袋取出剛才拿到的卷軸，遞給魔女。

「那個……人，給……的？」

「對。」

「這樣呀……」

魔女點了點頭，把卷軸拿在手中轉來轉去，慵懶地吁出一口氣：

「……那個，人，很奇……怪，吧？」

哥布林殺手沒有回答。

魔女並不曉得，他對於人類這種生物，還沒瞭解到能回答這個問題。

因此思考片刻後，他簡短應了聲「是嗎」。魔女點頭。

「非、常……非、常……奇怪。」

她將卷軸放到桌上，從衣服內側拿出長菸管。

接著用打火石以優雅的手勢點火。

「能變成，那樣……的人，很少。世界之理……的、外面，非常……可怕。」

甜美的煙霧飄散出來，魔女說道。

「因為不知道……就決定、去看的人……真……厲害。」

哥布林殺手還是不懂她在講什麼。

「所以，那是什麼卷軸。」

「呵、呵……這個、呀。」

魔女用指尖輕輕戳了下卷軸。

「是《轉移》的……卷軸，唷。」

「…………唔。」

「白紙……很棒的、貨色。」

那是冒險者賣來貼補預算的卷軸中，會想特別保留下來的珍品。

無論誰都能發動失傳的《轉移》法術，正是所謂的魔法道具(Magic Item)。

魔神之塔也好，大魔法師的地下迷宮也罷，都能瞬間逃出。

有這麼一捆卷軸即可撿回一命。只要能平安歸來，就得以再去挑戰。這個機會價值千金。

何況是新手冒險者，對他們而言不管自用或賣掉，都是夢幻逸品。

「……是嗎？」

哥布林殺手不是很懂，她輕聲回答「對、呀」，接著說：

「寫上，地點……不管哪裡，都能去……只要，在……這個，世界上。」

不過，使用時必須謹慎思考。魔女輕笑道。

「例如……想去，海底的遺跡，連接起來後……溺死，或是，被沖走。」

就算想辦法衝進門後，也會被海水壓扁——

未經深思熟慮就使用魔法，無論如何都會死，不僅限於《轉移》。

智慧不足的人當不了魔法師，原因即在於此。

思考、預測手上的牌該在何時使用、會產生什麼效果，導出結論——持續鑽研。

甚至有種極端的說法：賢者的學院——象牙塔裡不存在真理。

知識與經驗乃智慧的兩大要素，缺一不可。

正因如此，追求實踐的青澀魔法師踏入社會乃理所當然。

必須去求知。知道一切。無所不知。所以要踏進未知的領域。

這是件值得讚許的事，沒道理遭到嘲笑。照理說。

哥布林殺手心想「魔女也是這種人嗎」，但他不清楚答案。

或許是因為對其他人的來歷（Lifepath）並不特別感興趣。

「……那、麼，你要……怎麼做？」

「怎麼做。」

她突然問道，哥布林殺手學舌般回以同樣的問題。

「目的、地……不寫上去，就不能……用，唷？」

魔女目光游移。不過她的臉被寬帽遮住，看不出表情。

「目的地……」

「對。」

魔女舉起菸管，像要讓甘甜香氣纏繞在身上似的吐出煙霧。

與此同時，詩歌一般的話語飄向空中。

「不是這裡的某個時候。不是現在的某個地方。窮極之一。用以抵達之門扉——的，仿造品。」

她所說的話彷彿在空中舞動，隨著煙霧瀰漫，逐漸消失。

「所、以……得寫上、目的地……才行。」

「……」哥布林殺手低聲沉吟。「不知道。」

「是嗎……」魔女扇動修長的睫毛，眨了下眼。「要賣掉，嗎……？」

「也不知道。」

哥布林殺手簡短說道，緩緩搖頭。

「想想看，再決定。」

魔女點頭，默默遞出卷軸，哥布林殺手以手勢制止她：

「我沒有把咒語寫進卷軸的技能。」

先放妳那。應該是這個意思吧。

經過片刻的沉思，魔女收下卷軸，將它塞進豐滿的胸前。

「能委託妳嗎。」

「可能……會……花點，時間……喔？」

「是嗎。」

「等等，要去……冒險（約會）。」

哥布林殺手又點頭回了句「是嗎」。

然後預付了數枚金幣當謝禮，離開酒館。

§

「身為冒險者。」

櫃檯小姐擠出僵硬的笑容說。

「您的風評滿好的。」

「真的嗎!?」

「嗯，大家都說您前途一片光明，值得期待……」

「哎呀，這樣啊！太好了……！就知道總會有人注意到我！」

「因此，有位冒險者迫切希望能與您組隊。」

「是怎樣的傢……不對，是怎樣的人!?」

「對方是一位實力與您相符、很有才能的施法者。就是之前臨時……」

「啊啊，那個魔女嗎……！」

背著長槍的輕裝冒險者，似乎一下就想到了。

太好了——櫃檯小姐在內心鬆了口氣。臉頰在抽動。還不能鬆懈。

「您意下如何？她是位很不錯的冒險者吧？」

「嗯，當然好！」長槍手挺起胸膛。「我之前就覺得她是個優秀的法師！」

櫃檯小姐不清楚哪些話是真的。

她從未親眼目睹過實際的冒險。

因為，憑藉紙筆完成的工作，就是她的戰鬥、她的冒險。

——還有交涉。

櫃檯小姐努力揚起嘴角，臉頰抽動：

「怎麼樣？您願意的話，可以再和她組隊嗎？」

「交給我吧！我這人有了魔法就是如虎添翼！不會讓妳失望的！」

長槍手似乎很高興被人依賴，帶著滿面笑容頻頻點頭。

不像是有什麼盤算。

櫃檯小姐也低頭表示「麻煩您了」，心裡有些愧疚。

「那麼再見！」長槍手行了一禮，颯爽地飛奔而出，或許是太興奮了。

「啊，我想她應該在酒館！」

她對長槍手的背影大喊，嘆著氣趴到櫃檯上。

她沒有說謊。一個謊言都沒說。

長槍手風評好是事實。有本事也是事實。魔女想跟他組隊也是事實。都是事實。

她忍不住用雙手揉揉臉頰。一直在假笑，好累人。

先不說那名長槍手，輕浮的冒險者大多只會耍嘴皮子。

巧妙地採取行動，為自己博取好感，逃避責任和苦差事，輕輕鬆鬆收割利益。

任何人都有這一面，沒什麼好責備的。

要視之為瀟灑也是個人自由，不過——……

——對這種人有無好感，也是我的自由吧。

但那名拿長槍的冒險者具備實際功績。櫃檯小姐也想信任他，前提是不看那副態度。

否則她不會費如此大的心思。

「很累？」

「……是的。」

坐在隔壁的同事苦笑著向她搭話。

「哎——冒險者也有各式各樣的人。勸妳別那麼在意喔？」

「這個……我知道啦。」

同事表示，這終究是工作。

無論是喜歡的冒險者，還是討厭的冒險者，說不定哪天都會死。
眾神的骰子皆平等，因此個人是否付出努力，將左右其可能性。
正因如此，除非對方有求於自己，否則最好別擅自干涉。
我等所扮演的角色，並沒有那麼偉大——……
身為冒險者公會職員，那是他們最先學習到的一點。櫃檯小姐也明白。
——我覺得自己有在遵守呀……
「……我去泡茶。」
「耶！也幫我泡一杯——」
「好好好。」
同事趁機要求自己的份，櫃檯小姐點著頭起身。
她把暫時離開的牌子掛在檯前，走進裡面。
自己燒水也是可以，不過——
——稍微偷個懶好了。
她來到酒館的廚房討熱水。圃人廚師很大方。
接著等待茶葉泡開，倒進自己愛用的杯子，迅速返回崗位。
「來，請用。」
「哇！謝謝！」

同事喜孜孜地接過杯子，要求「茶點呢～？」她選擇無視。

櫃檯小姐坐回位子上，將茶杯湊到嘴邊——……

「啊！」

隨即放回碟中，站了起來。

一道黑影大刺刺從公會人潮的另一邊走近。

穿戴骯髒皮甲、廉價鐵盔，腰間掛著一把不長不短的劍，手上綁著一面小圓盾。

哥布林殺手。

被人如此稱呼的冒險者。

櫃檯小姐輕輕揮動舉在腰際的手，對走向自己的他打招呼，接著意識到同事也在場，羞紅了臉。

「那、那個，」櫃檯小姐挺直背脊。「請、請問今天有什麼事？」

「哥布林。」

短短一句話。一如往常。櫃檯小姐感覺到自己的臉頰基於跟剛才不一樣的理由在抽動。

「不過，之前也是哥布林……對吧。」

根本用不著查閱文件確認。

因為他幾乎只接剿滅哥布林的委託。

否則也不會被取「哥布林殺手」這種外號。

「差不多該接點其他委託了？呃，例如蠍獅……！」

「不。」他搖頭。「哥布林。」

嗯……櫃檯小姐困擾地噘起嘴。

最近他都往那位魔法師小姐家跑，還以為有了些改變……

幾秒之後，她似乎放棄了，深深嘆息、點頭回答「我明白了」。

「那我看一下唷……啊，這裡有茶，請用。」

「嗯。」

幸好還沒喝。櫃檯小姐將紅茶端給他，立刻開始翻閱文件。

這個世界上，剿滅哥布林的委託源源不絕。

數量多到有這麼句玩笑話：一組新人冒險者出道，就有一處新的小鬼巢穴。

「那麼，這些是剿滅哥布林的委託……呃，今天有兩件。」

「兩件都接。」

他看都沒看委託書便一口答應，櫃檯小姐再度苦笑。

不過，冒險者若願意接下剿滅哥布林的委託，她也無法拒絕。

再說他一向把工作處理得很好——跟那名長槍手一樣。

「走了。」

「啊，好的！請您路上小心！」

哥布林殺手簡單辦好手續，如同進來時那樣，踩著大剌剌的腳步離開。

「這人真冷淡。」

同事看著他的背影，面露苦笑。

「對呀。」

櫃檯小姐也表示同意。

不懂閒聊。只做必要的事。該做就會做到好。而且——

——茶杯……空了嗎。

不曉得他戴著頭盔究竟怎麼喝的，但這令她非常開心。

「……呵呵。」

於是櫃檯小姐從下午到晚上，都愉快地值著班。

§

「GOROOGORO！」

哥布林大叫著撲過來，他哼一聲用盾擋住，把他彈開。

每隻哥布林的跳躍距離不會差太多，即使抓著從洞頂長出的樹根。
因此只要學習，就能預判。
哥布林殺手壓在用盾牌擊落的小鬼身上，刺穿喉嚨。
「GOBGRG!?」
「二。」
鮮血噴出，他低頭看著吐血斷氣的哥布林說。
特殊的剿滅哥布林委託並不多。
他來到的是農村附近的哥布林巢穴，沒什麼值得一提的特殊之處。
拜訪孤電的術士家，去公會接委託，採買糧食，出發。向村裡的人打招呼，前往洞窟。
踏進巢穴時已是黃昏，哥布林殺手做好小鬼會抵抗的覺悟。
黑夜是不祈禱者的領域。
「……唔。」
然而，哥布林殺手踢飛剛才殺掉的哥布林屍體，靠在角落喃喃自語。
怎麼想都覺得，哨兵的數量比想像中少。
——哥布林不是夜行性嗎？
擁有能在暗處視物的眼睛，混在黑暗中襲擊村莊，搶走家畜、作物、女人。

那就是哥布林。連小孩都知道。不過……

「……」

莫非這就是原因？

他突然直覺想到，接著又搖頭心想「不，怎麼會」。

不能憑臆測斷定。

去觀察，去確認。按部就班累積經驗。他學到的不就是這些嗎？

他拔出刺在小鬼喉嚨的劍，用哥布林的纏腰布擦去血脂，重新擺好架式。

深深蹲低，一步步慎重前進。

除去小鬼排泄物，沒看見蟲子或蝙蝠的糞便，推測是被他們吃掉了。

這座洞窟沒有很大。他在燒完一根火把前就抵達目的地。

「果然。」

他下意識嘀咕道，剛才的直覺是正確的。

——他們在睡。

那裡是哥布林的寢室——單論用途的話。

五、六隻哥布林躺在洞窟深處的空間，發出響亮鼾聲。

——對哥布林來說，現在是「清晨」嗎。

肯定是因為哥布林不知從何時開始，意識到冒險者會在白天入侵。

既然如此，當然會在「深夜」警戒——和人類一樣。守夜是重要的任務。

但換成「早上」的話……

——沒有勤勞的哥布林啊。

少數的哨兵也睡眼惺忪，把工作塞給其他小鬼的哥布林則沉沉睡著。

小鬼不會有「特地早起，不辭辛勞地為夥伴工作」這種想法吧。

有言語者才會——……哥布林這種生物怎麼可能——……

腦中突然閃過某人的臉。那個女孩。她今天也會等自己嗎？在牧場。直到天明。

他輕輕將火把放到地上，反手持劍，躡手躡腳走進寬廣空間。

然後摀住身旁那隻哥布林的嘴，同時刺進喉嚨一劍。

「GBBG⁉」

小鬼瞪大眼睛，張開嘴想大叫，從口中洩出的卻是含糊不清的吐血聲。

連那聲音都因為被手掌覆蓋而難以發出，不久後他便全身脫力，斷了氣。

「……四。」

必須在不發出聲音、不被發現、不吵醒他們的狀況下，安靜且迅速地行動。

這是會消耗精神力的行為。因此需要沉著冷靜，當成工作反覆執行。

注意該注意的部分，別去管除此之外的事。如此便能防止疲勞。

「五隻……嗎。」

哥布林殺手又殺死一隻哥布林。

手感很差，他察覺劍刃被血脂弄鈍，嘖了一聲，扔掉手中的——

「GOBBGR……」

哥布林殺手忽然瞥見大廳角落有個影子在動，立刻把劍射過去。

劍刃劃破黑暗，發出沉悶聲響命中哥布林的咽喉，奪走他的性命。

那隻哥布林還沒分清楚夢境與現實就往後倒下，一命嗚呼。

小鬼倒在地上的聲音，令哥布林殺手繃緊神經，抓住腳邊的棍棒。

他蹲低身子，盯著殘存的哥布林，直到回音徹底消失。

「GOBGR!?」

其中一隻叫出聲。哥布林殺手握緊棍棒——小鬼說著夢話翻了個身。

他緩緩吐氣。

還剩三隻。

儘管費功夫，他從未感到厭煩過。

如果能乾脆點，用大水把他們全部沖掉，應該更有效率——

「……唔。」

有列入考量的價值。哥布林殺手兀自點頭，走向剩下三隻。

還不到深夜，一切就結束了。

§

「啊——討厭，有點太晚出門了……！」

牧場雖然離城鎮不遠，花太多時間準備的話就得趕路。

但貨物的量又沒多到需要用馬車。

到頭來，牧牛妹只好自己拖著貨車，累得氣喘吁吁。

——會練出肌肉吧。

這也不是壞事，做農活自然會長肌肉。

不過女孩子這樣好嗎——……

腦中突然浮現這個想法，她覺得自己思考這種事很奇怪，輕笑出聲。

——之前我明明完全不會在乎。

喘著氣拂去額頭的汗，她繞到公會後門停下貨車。

當然不是這樣就行了，還得把貨物卸下來。

聽說世上存在攤開就會冒出料理的毯子，或是會無限湧出熱粥的湯匙。

然而冒險者公會的酒館並沒有那種東西，也就是說，每天都會用掉食材。

牧牛妹搬起木箱、木桶，放下，又搬起來，再放下。

冒險者在鎮上的樂趣就是吃和喝，所以不能怪酒館進這麼多量。

把貨物都卸下、辦完手續後，牧牛妹的汗不只是用流的，而是全身汗水淋漓。

她忍不住坐到一旁的桶子上，軟趴趴地靠著牆。

「呼……累、累死我了……」

溼透的上衣貼著身體，熱氣都悶在裡面，她拉開衣領，往胸口搧風。

望向天空，太陽也快下山了，風輕輕拂過火熱的臉頰及額頭，令人心曠神怡。

接著她望向旁邊，看見一群冒險者。

他們在公會進進出出，每個人都穿戴不同的裝備，有的正要出發，有的才剛回來。

牧牛妹專注地看著，在其中尋找斷了角的廉價鐵盔。

——沒看到他呢。

好吧，早就料到了。不，只是她自己希望能看到他吧？

這陣子，他總是在黎明將近時回家。

今天他也很早出門，晚上肯定不會回來。

再說，如果黃昏時就已經回到鎮上，那他整晚都在外面幹麼呢——

「……嗚嗚。」

牧牛妹腦中模糊浮現他跟女人在一起、有如詭異塗鴉的畫面，臉頰發燙。

——真是，都是因為舅舅亂講話……

雖然男人說不定確實就是那樣……

牧牛妹甩甩頭，驅散腦中的羞恥妄想。

「喂，你知道嗎？」

「知道什麼？」

「哥布林殺手。」

這時她聽見這段對話，立刻豎起耳朵。

她屏住氣息，躡手躡腳從桶子上下來，靠在牆上偷偷觀察。

是站在公會門口聊天的冒險者。

看起來是一名年輕戰士和……另一個人的職業，牧牛妹看不出來。

穿著皮甲，腰間掛著一把劍，把頭盔綁在腰部。僅此而已。

是戰士還是斥候？說起來，牧牛妹連這兩個職業的差別都不曉得。

是冒險者耶——她睜大眼睛，自己都不知道為何要躲在牆壁後面。

「誰啊？」

「就那個一直在殺哥布林的傢伙。」

「啊………？」

「跟我同一天當上冒險者的……啊——不把頭盔脫掉的男人。」

「喔，那個髒兮兮的傢伙。」

牧牛妹想為他說些什麼，卻沒有勇氣挺身而出。

心情莫名緊張起來，心跳加速，她藉由深呼吸掩飾過去，穩定心神。

別人叫他哥布林殺手。她知道。沒事的。她知道。

「所以？那個哥布林屠夫怎樣了？」

「是哥布林殺手啦。」

年輕戰士皺起眉頭。

「最近，那傢伙會去河邊的小屋。」

「河邊……」對方沉思了一下。「是那個怪女人家嗎？」

女人。

牧牛妹倒抽一口氣，揪緊剛才鬆開的胸口的衣服。

不，現在斷言還太早。還不到時候。該再等一下。嗯。

「你認識她？」

「是個怪人，在做奇怪研究的賢者（Sage）或魔法師（Mage）。」

冒險者語氣明顯表達出不快，不曉得是否對那名女性有不好的回憶。

「有次我拜託她鑑定，她回說『看就知道是什麼的東西，沒必要鑑定吧』。」

「被她趕出門？」
「直接吃了閉門羹。」
「反正你八成是拿垃圾給人家鑑定吧？」
「我怎麼用都沒效果，所以才帶去問她……好吧，那根手杖確實很瞎啦。」
「魔法杖（Magic Staff）嗎。效果是？」
「帶在身上就不會跌倒。」
兩人「哈哈哈」地乾笑。
有什麼好笑的嗎？手杖不就是用來讓人不會跌倒的東西？
牧牛妹完全無法理解這段對話的意義，焦躁地用腳趾踢著石板路。
她想知道的不是這個。快點。快點。快點繼續說下去。
「所以那個……呃——」
「哥布林殺手。」
「對，你好奇那個哥布林殺手在幹麼喔？」
「畢竟他算是我同期……」
年輕戰士露出複雜的表情嘀咕道。
「想說他是不是跟人組成團隊（Party）了，有點在意。」
「因為你也是單獨（Solo）行動嘛。不考慮組一下？我可以幫你介紹。」

「沒關係。」他搖搖頭。「暫時這樣就好。」

「是喔。」

聽見年輕戰士的回答，對方奸笑著說。

「照顧新人就忙不過來的意思。目標是那個銀髮女孩？」

「才沒這回事。」

年輕戰士憤慨地反駁，接著像鬆了口氣般露出笑容。

「哎，別管我了。所以？他跟那個魔法師組隊了嗎？」

沒錯，重點在這裡。牧牛妹吞下口水，從牆壁後面悄悄探出身子。

「誰知道呢，我倒覺得那女人怎麼看都不像那種類型。」

不曉得算不算幸運，冒險者正在專心回憶，沒有發現她。

牧牛妹宛如兒時聽過的探索龍穴的冒險者那般，豎起耳朵聆聽。

那名冒險者認為該向年輕戰士說明清楚，以一副聊起艱澀話題的語氣續道：

「該怎麼說咧，畢竟她住在像垃圾堆一樣的房間裡。有股像藥味的怪味。」

「啊……是鍊金術師嗎？」

「可能吧。總之看起來不像冒險者，如果是一絲不苟的冰山女學者，我早就去把她了說。」

「喂喂喂……」

你的喜好真奇怪。年輕戰士嘆了口氣，慢慢搖頭。

「算了，哥布林殺手看起來也不像會組隊的人……」

「不過那兩個髒兮兮的傢伙，確實在一起搞些什麼。挺配的不是？」

牧牛妹忍不住「咦」了一聲，冒險者「嗯？」歪過頭，她急忙摀住嘴。

「怎麼了？」

「呃，好像有東西……大概是錯覺吧。鎮上應該不會有怪物。」

「什麼啊。」

我找到一家服務生很可愛的店，她對我有意思。你又來了。這次是真的，下次一起去吧。

兩人邊閒聊邊消失在黃昏的人潮中。

牧牛妹呆呆站在原地，望著他們離去。

他一直泡在某處。一位女性的家裡。兩個人在做些什麼，的樣子。的樣子？

不，沒什麼好驚訝的……吧。大概，一定。

他們的關係類似房東的女兒……不對，房東的姪女和房客，除此之外什麼也不是。

自己有事沒告訴他。

他當然也會有沒告訴自己的事。

她有在照顧他。不過，那算是多管閒事。所以——……

「很配……很配。」

不知道該如何處理的感情，令她下意識用雙手蓋住臉。

汗水與灰塵的味道滲進眼睛，鼻頭一酸。她就這樣用手掌擦臉。

「……回家吧。」

沒錯，回家吧。

天空已經染成紅色，夜晚將近，風很冷，身體十分沉重。

所以，回家吧。

雖然他今晚八成也不會回來。

§

回到冒險者公會時，裡頭已經變得鴉雀無聲。

為了節省燃料而調弱火勢的燈默默燒著，大廳一片昏暗。

職夜班的職員——櫃檯小姐坐在櫃檯，晃著腦袋打瞌睡。

哥布林殺手帶著鐵鏽、泥土、穢物的氣味，走路卻沒有發出腳步聲。

他用公會的羽毛筆在羊皮紙上寫下簡單的報告，輕輕放到櫃檯，用文鎮壓住。

「……？啊……哇、哇……！」

就在這時，櫃檯小姐發出細微聲響，抖了一下抬起頭。

看到面前的鐵盔，她驚訝得身體後仰，接著急忙用手揉眼、端正坐姿。

「對、對不起，失禮了。那個……」

「回報。」

哥布林殺手說。隨後又像突然想到似的補充一句：

「剿滅哥布林的。」

「嗯、嗯……」

櫃檯小姐拿起文件眨了眨眼，再度坐正後開口：「容我拜讀一下。」

文件上的字跡凌亂得有如鬼畫符。我的字真醜，他心想。

他只有小時候曾向姊姊習字，結果之後便失去了精進的機會。

——就算字不好看，只要認真寫就行了。

姊姊是這麼說的。他覺得自己寫得很認真。

「好的……呃，有發生任何異狀嗎？」

「有哥布林。」他說。「數量不多。全殺了。」

「……看樣子沒問題呢。」

櫃檯小姐輕笑出聲，以謹慎的態度及動作檢查文件，點頭。

然後小心翼翼地把文件夾好，收起來。

「判斷委託達成。您辛苦了！那麼，我現在去拿報酬。」

「……」

櫃檯小姐正準備起身。

哥布林殺手望向工房，燈果然沒亮。

爐子的火應該沒滅掉，但就算現在去委託對方工作，也要等明天才能著手處理吧。

「……不。」他搖頭。「明天再拿。」

「這樣呀？」

鐵盔緩慢上下移動。他認為對話到此就已結束。

「那麼，呃——」

不過，櫃檯小姐好像還想說些什麼，手指繞來繞去。

哥布林殺手默默等待，她害羞地開口：

「那個，其實這件委託好幾天前就貼出來了，一直沒人願意接……」

「是嗎。」

「因為報酬不多。可是，呃……」

「怎麼了。」

她深吸一口氣，鼓起豐滿的胸部，一鼓作氣說道：

「所以您真的幫了大忙！謝謝您！」

哥布林殺手只簡短回了句「是嗎」。

接著扔出一句同樣簡短的「再見」，留下沾滿泥巴的足跡，直接走向門口。

他推開雙開式的門來到屋外，聽見背後傳來門關上的聲音，仰望夜空。

星光若隱若現，月色也暗了許多。東邊的天空已經有點泛起魚肚白。

他微微哼了一聲，踩著大剌剌的步伐向前走。

雖然即將進入夏季，清晨的氣溫依舊偏低。走著走著，露水便沾上全身。

通往牧場的路途沒有很長，雙腳也已經習慣這條路線，走起來卻莫名費時。

可能是因為累了吧。他彷彿正以旁觀者的角度觀察自己，做出判斷。

除此之外，沒有其他感想。他有其他該去注意、該去思考的事。

周圍的草叢、樹蔭、曠野的另一端。有沒有東西在動？有的話是什麼？腳印呢？痕跡呢？

「氣息」這種曖昧不明的東西，他感覺不到。

師父說過「啥氣息啊，哪有這種鬼玩意」。

一切都能靠視覺、聽覺、嗅覺、觸覺、味覺去感受。

『再來只要思考你感覺到的東西有何意義就對了。』

師父照慣例戳他戳到心滿意足後，咧嘴笑道。

『也有人再怎麼思考都得不出結論，像你這種蠢蛋……就靠經驗唄，經驗。』

語畢，師父再度把準備起身的他踹倒，讓他狼狽地摔在寒冰上。

之後他才明白，學會了，並不代表就能活用。

「…………」

他回到牧場，發現自己正直接沿柵欄外圍繞行。

是個不太好的徵兆。

的確該養成偵察習慣沒錯，但不能習以為常，也不能變成重複作業。

可能會被哥布林拿來利用。

若哥布林採取與平常不同的行動，他便無法應對。

他甩甩頭，將鐵盔上的朝露甩掉，回到原處，又從頭仔細巡視了一次。

繞完一圈後，離太陽升起還有段時間。

他先回到倉庫，拿出數把短劍和幾頂壞掉的頭盔，放在柵欄上。

手臂和雙腿沉甸甸的，推測是因為疲勞。

但哥布林未必不會在他疲勞時來襲。

「……唔。」

他用顫抖著的手指抓住短劍，舉起手，擲出。沒射中。扔出下一把。射中了。

「射中了」是不行的。該把注意力放在「要射中」上面。
手邊的短劍射完後，他將脫靶的短劍撿回來繼續練習，直到擊落所有鐵盔。
這時，太陽終於開始從地平線下方升起。
彷彿要從眼窩刺進頭蓋骨的白光，令他瞇起鐵盔底下的眼睛。
「……唔。」
他低聲沉吟。被晨光照亮的石牆，有一部分崩塌了。
——哥布林嗎？
不一定。可能是小孩子惡作劇，也可能是自然崩塌。
沒有不需要整修的東西。他放下鐵盔及短劍，走近石牆。
蹲下來，手掌貼著牆面仔細檢查，判斷大概非人為所造成。他鬆了口氣。
「……真有幹勁。」
就在這時，聽見突然從後方傳來的聲音，他緩緩起身。
大概是從主屋出來的。牧場主人看起來才剛起床，精神卻很好。
「你願意幫忙就太好了，因為我一個男人忙不過來。」
「不會。」
牧場主人背對晨光看著他，哥布林殺手默默搖頭。
「因為要是有哥布林，會很麻煩。」

「……」

由於牧場主人背著光，哥布林殺手看不清他的表情。

牧場主人雙臂環胸，發出類似牛叫聲的聲音咕噥著。

「……那孩子。」

哥布林殺手挺直背脊。

「是。」

「昨天晚上回來時，看起來很消沉。」

「……」

「能不能……多少關心她一下？」

哥布林殺手看著牧場主人，一語不發。

看得出牧場主人感到很彆扭。

「關心。」

哥布林殺手重複一次他說的話。

「意思是。」

「這個嘛……和她說說話、陪陪她，之類的……有很多方式吧。」

語氣和答案都十分曖昧，恐怕牧場主人自己也不明白。

哥布林殺手卻點頭回答「原來如此」。自己似乎也做得到一些。

「我試試。」

「……嗯。拜託了。」

牧場主人看似鬆了口氣，轉身走向主屋。

下一秒，他忽然停下腳步，回頭說道：

「還有啊，把身體弄乾淨點……臭得要命。」

哥布林殺手想了一下，最後什麼話都沒說，目送牧場主人離去。

因為這是殺哥布林時，必須動的小手腳。

「…………」

哥布林殺手抱著頭盔與短劍回到倉庫，扔在角落。

隨後拿出沾滿油漬、保養裝備用的破布。

他隨便地用力擦起全身鎧甲，沉默不語。沒有變乾淨的跡象。

但他擦完一遍後就扔掉破布，直接走向主屋。

突然一陣頭痛，他判斷原因在於水分不足。

在小憩一、兩小時前，必須先補充水分。

「……啊，你回來了。」

然而一打開門，就聞到令人懷念的香味。

她穿著圍裙站在廚房，在加熱中的鐵鍋前露出僵硬笑容。

「呃……要吃、早餐嗎？」

哥布林殺手想了一下，回答：

「好。」

「咦！啊，嗯、嗯……！」

她急忙在廚房小跑步衝來衝去，準備盤子。

哥布林殺手瞥向餐桌，牧場主人已經坐在桌前，神情嚴肅地對他點頭。

他坐到對面，猶豫著該說什麼，然後淡淡開口：

「我想明天可以再付一筆房租。」

「……是嗎。」

不一會，早餐就出現在桌上。是燉濃湯。

三人祈禱完後便開動了。哥布林殺手默默用湯匙將燉菜送入口中。

「……」

「……」

牧牛妹一副欲言又止的態度看著他。

哥布林殺手毫無頭緒，保持沉默。

最後，她閉上張開的嘴，視線落在盤子上。

所以哥布林殺手把湯匙扔進空盤，問：

「……該做什麼才好？」

「咦？」

「……」

「……呃。」

她支吾其詞，猶豫不決，困擾地望向牧場主人。牧場主人默默聳肩。

「……我等等，要去送貨。」

「是嗎。」

「……如果，你願意幫忙……」

我會很高興。聽見牧牛妹這句話，他又說了句「是嗎」。

「等我一小時。」

「啊，嗯、嗯！」牧牛妹用力點頭，胸部隨之晃動。「好……我等你！」

哥布林殺手默默起身，大剌剌地走到主屋外面。

是因為氣味，還是疲勞？身體重得有如戴著腳鐐。

不過抬起腳，再放下，就會前進。只要前進，就會抵達目的地。總有一天。一定會。

他走進倉庫，坐在牆邊閉上眼。

——凡事都一樣。

沒錯，哥布林殺手心想。

凡事都該養成習慣，卻不能習以為常，也不能變成重複作業。

凡事都要學習、思考、付諸行動。

但他也知道，學會了，不代表就能活用。

並非事事都能盡如人意。

§

牧牛妹探頭窺向倉庫，停下腳步，不知該如何是好。

他縮著身體，坐在依然空無一物的倉庫角落。

──不對，他是在睡覺。

工作回來，把食物塞進肚子，坐在地上入睡。

在這種沒有好好休息的狀態下，即使說要幫她的忙，她也無法發自心底感到喜悅。

不過與此同時，她也想讓他去做點其他事──殺哥布林以外的事。

不，別找藉口了。

她很高興他願意吃下自己做的菜，願意幫她的忙。

這份喜悅壓過其他千思萬緒，反映在態度上。

所以——她才會不小心答應。

「…………咳。」

結果，牧牛妹無法下定決心，看看準備好的貨車，又看看昏暗的倉庫內。

一小時已經過了。雖說她有留一段緩衝時間，要送的貨畢竟是食物，不能久放。

站在這裡不知所措了好幾分鐘後，她聽見遠方傳來牛叫聲，嘆了口氣。

「……欸，你醒著嗎？」

她怯生生地敲響沒關上的倉庫門，呼喚他。

「……」

他沒有回話，突然站了起來。牧牛妹忍不住驚呼出聲。

「你、你醒啦……？」

如果醒著，代表自己扭扭捏捏、拖拖拉拉的模樣，都被他看在眼裡。

她用拔尖的聲音詢問，他簡短回應：

「不。剛醒。」聲音有點沙啞。「抱歉。」

「不、不會……」

牧牛妹輕輕搖頭。

「別在意……沒關係的。」

「是嗎。」

他直接拿起水瓶，喝下不知何時從水井打上來的水，沉默片刻，接著邁步而出。

踩著大剌剌的腳步，毫不猶豫地從牧牛妹身旁經過。

「啊，等一下……」

出聲叫住他時已經太遲，他握住推車的橫桿，正準備出發。

「怎麼了。」

他乖乖停下動作，牧牛妹煩惱著該如何表達，最後決定直接說出心中所想。

「我、我也一起去……！」

「是嗎。」

牧牛妹小跑到貨車後面。

即使臉被鐵盔遮住，她還是沒有勇氣走在他身旁。

「走、走吧！」

「嗯。」

他的回應依然簡短冷淡。

不能再奢求什麼了吧——牧牛妹用力推動貨車。

車輪與車軸發出摩擦聲，緩緩轉動。

感覺比平常還不費力，想必是因為有他在前面幫忙拉。

「不、不會太重吧……？」

「嗯。」

同樣的回應。你明明很累，牧牛妹心想，但她說不出口。

「……」

「……」

車輪喀啦喀啦轉動，在上午的天空下、初夏的風中前進。

往前看也只看得到貨物，牧牛妹得從旁探出頭，才能捕捉到他的身影。

當然，即使這樣也只看得到鐵盔和背影就是了。

「天、天氣變暖了呢。」

「是嗎。」

「好像有點熱……夏天，也快到了呢。」

「嗯。」

「呃，你不熱嗎？」

「嗯。」

牧牛妹沉默了。對話無法延續。

她把臉縮回去，視線從堆在貨車上的貨物移到腳邊，專心推車。

汗水從額頭滑落臉頰，滴在地上，逐漸滲進土中。

牧場離鎮上很近，可說是不幸中的大幸——或許。

她實在不覺得自己有辦法跟他一直聊下去。

更重要的是，不想被人看見自己這種表情。

想必誰都能察覺到，她的表情非常難看。

§

他穿過城門進入街道，把貨車拖到公會前停下。

聽見車輪發出的吱嘎聲，牧牛妹才意識到抵達目的地了。

她急忙放開手，他便踩著大剌剌的步伐走到她旁邊。

「要搬下來了。」

「啊，嗯、嗯。」

態度不由分說。牧牛妹點點頭，手伸向貨物。

同時側眼觀察著，只見他緩緩抬起沉重的木箱，放到地上。

牧牛妹根本沒那麼大的力氣——每次都累得氣喘吁吁，才好不容易把箱子卸下。

——果然，因為他是冒險者……嗎？

他穿著鎧甲，所以看不出來，但肯定受過不少訓練。

「怎麼了。」

「沒、沒事……！」

牧牛妹緊盯著他，發現自己的手沒在動作，連忙繼續卸貨。

儘管不知該說些什麼，現在該做什麼，至少她還是明白的。

有工作是件好事。牧牛妹這麼覺得。

把貨物都搬下來後，還有交貨的工作在等待他們。

牧牛妹抹去額頭的汗水，調整呼吸，轉頭望向他。

「…………」

「那、個。」

舌頭打結了。不是因為還在喘氣的緣故。發不出聲音。

牧牛妹無所適從地用腳尖摩擦石板路，他則在一旁默默看著。

這令她極度坐立難安，不禁垂下視線：

「那個……嗯。可以了。謝謝你。」

「是嗎。」

——就這樣？

她依然沒辦法把這句疑惑說出口。

他點頭，轉過身大剌剌地離去。

她只能站在原地目送他。伸出來的手又縮了回去，在胸前握拳。

好熱。是因為流汗吧，胸口在散發熱度。還是手掌？兩者皆是。

「…………」

她維持這個姿勢過了一段時間，望向天空。天空藍得令人心痛。

——……算了吧。

牧牛妹搖搖頭，覺得自己顯得十分不堪。

她敲響公會的後門，通知職員要來交貨，請他們簽名。

職員提醒她還有其他瑣碎的手續要辦，她才驚覺自己忘記了，微微皺眉。

她也必須前往公會大廳。去那個應該有他在的地方。

「請問怎麼了嗎？」

「啊，沒什麼。」

職員擔心地詢問，牧牛妹連忙搖頭。

「今天有點熱。」

「噢，因為夏天快到了嘛。」

無關緊要的話題。沒辦法跟那個人進行的閒聊。

她有種胸口揪緊的感覺，丟下一句短短的「那麼再見」便離開了。

踩著小碎步，她穿梭於冒險者的喧囂聲中，走向入口，來到大廳。

看幾次都會被震懾住——令人眼花撩亂的景象。

一大群冒險者，分別穿戴著各式各樣……真的是各式各樣的裝備。

她下意識在顏色各異的鎧甲與衣裝間，尋找粗糙又骯髒的皮鎧與鐵盔。

「啊……」

有了。他坐在等候室角落的長椅上。

然而牧牛妹沒能立刻跟他搭話。

「——」

「————」

不曉得兩人在交談什麼，不過，他身邊有一名女性。

是位貌美的女子。穿著露出性感身體曲線的服裝，頭戴寬帽的美女。

之前接受過她一件小委託的女冒險者。

她正在跟他交談……看起來心情相當好。

把卷軸交給他，咯咯笑著。

「……」

牧牛妹感覺到熱度逐漸從胸口流失，搖搖頭。

——可是，又不是她。

沒錯。傳聞中提到的不是穿斗篷……跟他氣質相近的奇妙女性嗎？

不是那個人——應該，大概。

「啊……」

他望向這邊。

鐵盔只動了一下，但不知為何，牧牛妹就是知道。

或許是話說完了吧，他對魔女輕輕低頭致意，大剌剌走過來。

「咦，啊，哇……」

牧牛妹驚慌失措。沒想到他會過來。

是否發現她一直盯著看？被發現的話怎麼辦？

不，被發現也無所謂，她又沒做虧心事。不過——

「怎麼了。」

「沒、沒事、呀？」

聲音拔尖，語尾結巴。我騙人的技術真差。

他卻只簡短回了句「是嗎」，微微歪過鐵盔。

——他、他相信了？

沉默令她覺得相當害怕。

他經常沉默不語，就算開口話也不多。雖然一直都是如此。

──小時候又如何呢？

記得他好像挺愛說話的。

那已是五年前的事。記憶看似鮮明，細節卻模糊不清。

不曉得他怎麼樣。五年前的自己是什麼模樣，他記得多少呢？

牧牛妹不知道。

「還有什麼該做的嗎。」

「沒、沒有……不用了。沒問題。」

「是嗎。」

對話依然就此中斷。

牧牛妹輪流看著鐵盔與地板，發現擦身而過的冒險者正往這邊瞄。

或許是因為站在門邊吧，來來往往的冒險者不停對他們投以視線。

──我就算了，因為他很引人注目……

牧牛妹臉上浮現淡淡苦笑，手伸向他的袖子，最後又放下來。

「我們去旁邊講吧？」

「嗯。」

不能妨礙別人出入。她往一旁挪動幾步，他則慢了半拍跟上。

重新跟他站在一起才發現，即使除去甲冑的部分——

——……他好像……長高了。

以前她從不需要稍微抬起視線看他的臉。

吵架時總是自己贏。賽跑之類的也是。

——追不過了吧。

她下意識嘆氣，將這樣的心情化為嘆息吐露出來。

他又歪頭詢問「怎麼了」，她再度回道「沒事」。

沒有東西不會改變。

過了五年，一切都會改變吧。

——我是不是在給他添麻煩啊。

他什麼都沒說。這也是當然的。牧牛妹沒有勇氣去問。

只不過，周圍的冒險者的交頭接耳聲——令她覺得非常討厭，無法忍受。

牧牛妹無意義地開口：

「我、我說啊……」

「找到了！」

這瞬間，清澈如鈴鐺的嗓音貫穿嘈雜聲。

牧牛妹嚇得抬起臉回過頭，只見嬌小纖細的身影正在跑近。
兜帽被風吹掉，底下是名看起來很聰慧——眼睛閃閃發光的女性。
她有如一隻撲向獵物的貓，筆直衝向這裡……
「啊……」
「你今天早上沒來，我還以為被你拋棄了呢。喏？虧我在等你耶。」
下一刻，她從牧牛妹身旁經過，撲過去抱住他。
他將目瞪口呆的她晾在一旁，只點頭回答短短的「是嗎」兩字。
「不過，我原諒你！你的勤奮幫我省去不少找你的時間。」
「是嗎。」
「沒錯！」
她——牧牛妹也看得出她是魔法師——滿面喜色地摟住他，興奮不已。
然而不可思議的是，路人的交頭接耳聲並未針對那名魔法師。
只有他和自己注意到這個人。牧牛妹產生被從世界隔離出來的錯覺，眨眨眼。
「我的宿願終於要實現了，但卻遇到一個問題！所以想找你幫忙，如何？」
「哥布林嗎？」
「很遺憾，不幸的是，幸運的是，正如你所料！」
他又點頭說了一次「是嗎」，轉過頭。

從鐵盔底下望向她的視線，嚇得牧牛妹身體一顫。

「抱歉，有委託。」

「咦，啊……委、委託？」

「對。」

牧牛妹咬緊下脣，雙手用力握拳。

她無法接受。怎麼可能接受。

儘管難以釋懷，他都已經表示兩人是冒險者與委託人的關係，既然這樣。

「……就當成，我知道了吧。」

「是嗎。」

他依然用這句回答中斷對話，絲毫沒變。

牧牛妹什麼話都說不出口，下意識盯著腳邊看。

所以她沒發現。

魔法師——孤電的術士好奇地看著他們，「噢噢」點了點頭。

「搞砸啦。我說你，先去酒館幫我買點糧食。」

他「唔」了一聲後，冷靜回問：

「我去嗎。」

「怎麼能讓女生搬東西咧。」

孤電的術士說道，像在施展魔法似的擺動手指，亮出金幣。

「蘋果酒當然也要。我這個委託人特別要求你，花時間認真挑選喔。」

「……我去嗎。」

「就是你去。」

哥布林殺手低聲沉吟，簡短回答「好」，收下金幣。

目送他踩著大剌剌的步伐走掉後，孤電的術士轉身面向另一位少女。

牧牛妹臉皺成一團，像個被拋下的小孩。

「傷腦筋。」

孤電的術士苦笑著說。

「別露出那種表情啦，不是妳想的那樣。」

「……真的？」

「真的。無論過去，還是未來。」

她咯咯笑著，撫摸牧牛妹的臉頰。

那如同母親——雖然她早就不記得了——的手勢，令牧牛妹吁出一口氣。

緊繃的身體放鬆下來，胸口又逐漸升起一股暖意。

溫柔得讓她因為和剛才截然不同的理由差點哭出來。

「很多事都太遲了。」

孤電的術士說。

「要說什麼事太遲，就是一點都不覺得遲了的這部分。」

「……呃。那、那個……」牧牛妹思考著該如何啟齒。「妳是……委託人？」

「兼魔法師兼賢者。哎，提到我的身分，要用一句話說明實在很難。」

牧牛妹一頭霧水地點頭回答「是的」。

她完全無法理解她所說的話，但還是接收到了什麼。

因此，牧牛妹又說了一次「是的」，然後向她道謝。

「別客氣，畢竟是我先犯了錯。雖然我沒那種意思。」

孤電的術士回以意味深長的呢喃，看著牧牛妹輕笑出聲。

再怎麼遲鈍，她也明白了她的含意，低下瞬間泛紅的臉。

現在回想起來，為什麼剛才會擺出那麼丟人的態度？真想挖個地洞鑽進去。

「好了好了。」

孤電的術士忍俊不禁地笑道。

「稱不上賠罪，不過教妳一項祕術吧。我也是最近才知道，靈得很。」

「祕術……」牧牛妹眨了下眼。「是魔法嗎？」

「一切言語皆為魔法。聽好囉。他這個人啊——……」

——非常難懂又拐彎抹角，但只要講清楚，就一定能傳達給他。

過沒多久，他回來了。孤電的術士迅速離開，站到他身旁。

他對她和牧牛妹各點了一下頭，只丟下一句「再見」便邁步而出。

牧牛妹目送兩人離去後，前往櫃檯辦理差點忘記的手續。

這是發生在某個夏日將近的大熱天、約莫中午前的事。

牧牛妹對她——孤電的術士的記憶，只有這段對話。

僅此而已的小小回憶。

間章
「愛面子也是冒險者的工作的故事」

「所以。」

在嘈雜的酒館中，長槍手攤開從布告欄撕下的委託書。

「這就是這次的委託，明白了嗎？」

「嗯……」

長槍手慎重詢問，坐在對面的女人——擁有性感身軀的女子點頭回答。

「是很……棘手，的……工作，呢。」

「對吧？」

她講話總是斷斷續續的。長槍手用力點頭。

「那先確認情報。敵人是——」

「——妖術師（Warlock）……對、吧。」

沒錯。長槍手在內心鬆了口氣。身為魔法師，十之八九看得懂字……

——真是，要是被人發現我不識字就糗了。

為了捍衛尊嚴，無論如何都得隱瞞到底。

長槍手當然不打算隨便接下委託，在一無所知的狀態下執行。

所以才會特地將委託書拿去代筆店請人念出來，而不是找公會職員。

據說，有可疑的妖術師棲息在村莊附近的洞窟。

不停從事可疑的實驗，散播詛咒，害森林的草木腐朽、野獸罹病。

這件委託來自頭痛不已的村長，長槍手卻陷入煩惱。

畢竟我方沒有施法者（Spell Caster）。這樣很危險。

長槍手是戰士，不懂法術。但他對敵人的威脅性比一般人更加敏銳。

法術就該用法術對抗——倒也不能這麼說，但知識是任何事物都難以取代的。

話雖如此，事到如今也不能回頭。

今天的工作大多都被搶光了，只剩幾件剿滅哥布林的委託。

他不想淪為自己沒能力處理、就把委託貼回布告欄的窩囊廢。

——對了，今天好像沒看到那個怪人。

若是那個裝備超髒的冒險者，八成會喜孜孜地去殺小鬼。

他無法理解殺小鬼有什麼好玩，總而言之，長槍手陷入進退兩難的窘境。

『有位冒險者迫切希望能與實力堅強的您組隊……』

櫃檯小姐簡直是天使。不對，是女神。第一眼見到她時就這麼覺得了。肯定沒錯。

感覺不壞。不，感覺很棒。他得意忘形。欣喜若狂。

櫃檯小姐介紹給他的夥伴——是眼前這位魔女。

之前他們共同行動過幾次。是個美人。胸部也很大。太棒了。

「要、怎麼做……？」

「嗯？喔、喔。哎呀，魔法師應該也不是非得用魔法才殺得了。」

長槍手露出半是虛張聲勢——反正只要我有那個實力就沒問題！——的笑容。

「被槍刺中，人就會死。」

「呵、呵……」

聽見這句話，魔女只是露出頗有深意的笑容。

她的呼吸帶有一股甘甜香氣，是她平常就在吸的菸草吧。

雖然不清楚她在想什麼，這對長槍手而言反而是好事。

這樣的女性聊起天來才有樂趣，不是很好嗎？

「總之，交給我吧。幹掉那隻食岩怪蟲（Rock Eater）的時候，我們也被分在一組對吧？」

「對、呀……」

她優雅地點頭。

——重點是我們合作過好幾次，清楚對方的個性。

若不先透過介紹書徹頭徹尾說明一遍，就連跟女人好好交談都做不到的傢伙，未免太沒用了。

他們一起冒險過幾次，共同行動，也會互開玩笑，說是朋友也無妨。

長槍手維持著彷彿身在戰場的緊張感，喝了口檸檬水放鬆精神。

「欸。」

「啊？」

就在這時，魔女突然開口。

長槍手隔著杯子看她，卻因為那頂寬帽，看不清魔女的表情。

「……你……為什、麼……總是……來找、我……呢？」

「沒道理不找妳吧。」

他立刻回答。沒有猶豫的理由。意思是「妳在問什麼怪問題啊」。

「是，因為……」魔女扇動美麗的睫毛。「外、表……？」

「這是原因之一。」

長槍手一本正經地點頭。

不去稱讚女性外表的男人，簡直荒天下之大謬。

即使對方是魚人女孩，長槍手也會稱讚她鱗片的光芒。

她有確實理解自己的美貌，反而令他抱持好感。

「……」

魔女睜大眼睛，大概是被長槍手這句話嚇到了。

——是覺得我比想像中膚淺嗎。

「……哎，如果妳希望我裝一下，也是可以啦。」

長槍手突然覺得難為情，像要掩飾般補充道。

「不然……」魔女纖細雪白的喉嚨發出嚥下唾液的聲音。「魔法的，技術？」

「這也是原因之一。」

長槍手一本正經地點頭。

不肯承認女性自我磨練所獲得的成果，心胸未免太狹窄了吧。

美貌也好，髮型也好，服裝也罷，甚至是劍術、學問、信仰、魔法。

「也……」

聽見長槍手的回答，魔女拉低帽簷，靠到椅背上。

「……還有，呢？」

長槍手沉吟一聲，低聲說道「我想一下」，抬頭看著天花板。

不可能沒有。正因如此，才難以將其化為言語。

「……之前不是接了個牧場女孩的委託嗎？」

「嗯。」

沒什麼難度的工作，跟散步沒兩樣。

帶著一名少女到曠野的一角，再帶她回來而已。

對於不諳武藝之人來說，是危險的行程。

所以才要委託冒險者。不過——

「那則委託報酬不高又無聊，妳卻沒有表現出一絲不情願。」

長槍手邊說邊整理思緒，最後「嗯」一聲得出結論。

「——我覺得妳人很好。」

「……是嗎。」

魔女輕聲呢喃，緩緩取出菸管。

填入菸草，用打火器點火，吸了一口。

「……我，可不覺得……自己是……那麼……好打發的、女人……唷？」

「但有人誇獎妳的外表、本領、心地，還是會很高興吧？」

長槍手咧嘴露出白牙，會心一笑。

魔女並未回應。她只是緩緩搖著頭，一副無言以對的態度。

第5章 『她的原因（Scenario），他的原因（Scenario）』

「對了，你當時在跟她談什麼？」

老鷹在高空盤旋，尖聲鳴叫。

孤電的術士帶頭走在未開闢道路的曠野上，轉頭詢問。

哥布林殺手背好陷進肩膀的行囊，在鐵盔下沉吟。

「沒什麼。」語畢，他又補充一句：「幫忙工作而已。」

孤電的術士揚起嘴角，舔拭般含住蘋果酒的酒瓶，發出聲音大口飲下。

接著吁出一口氣，帶著恍惚的眼神開口：「不是啦。我說那個魔女。」

哥布林殺手應了聲「是嗎」，毫不猶豫回答：

「委託工作，請她代為處理而已。」

「原來如此，原來如此。魔法明明是我的領域。雖然我現在是委託人啦。」

太可惜了，不能問你有什麼要求。

孤電的術士竊笑著，輕快地走向前方，不知道有什麼好笑。

哥布林殺手背著行囊，默默跟在後頭，撥開草叢。

孤電的術士沒說目的地在哪。哥布林殺手也沒問。

因為她要去的地方有哥布林，除掉他們就是他的工作。

無論目的地位在何處，除了和戰鬥有關的必須情報，其他都不重要。

「是說你穿那樣不熱嗎？」

她故意拉開領口，往胸口搧風。

當然，就哥布林殺手觀察，她一滴汗都沒流。

臉頰之所以微微泛紅，應該是酒精所致。連這都是司空見慣之事。

哥布林殺手簡短回答「不」，仰望天空。

陽光很強，亮得讓人看不清。夏天快到了吧。照理說會越來越熱。

「該找地方紮營了。」

哥布林殺手說。孤電的術士點頭。

「因為夏天連風都捉摸不定嘛。」

兩人離開鎮上後，已經快要經過兩天。

「就結論來說，我想拜託你剿滅哥布林。」

當晚，她坐在哥布林殺手生起的營火旁，笑咪咪地說。

為了避免火苗延燒，他割去雜草、架好枯枝，將枯草束丟進去助燃。

「是嗎。」

哥布林殺手邊說邊串起香腸和起司，插在營火旁邊烤。

待起司融化到適當程度，孤電的術士拿起鐵串，叫著「好燙好燙」咬下。

「嗯嗯……！」她笑著扭動身軀，看這模樣似乎很滿意。

隨便選了食材大量採購的哥布林殺手見狀，鬆了口氣。

「這是牧場的食材耶，你特地挑的？」

「牧場的。」

經她這麼一說，哥布林殺手低頭重新觀察手中的鐵串。

微焦的起司和香腸，是產自那座牧場？

他張嘴咬下，起司甘甜，香腸帶有鹽味。他一口、兩口將食物往鐵盔裡送。

「沒發現。」

§

「……你是那個嗎？『只要能吃進肚子化為養分即可』的類型對吧？」

孤電的術士露出難以置信的表情，他緩緩搖頭：

「沒特別挑，但老師告訴我，想活下去就要吃溫暖美味的食物。」

「唷。」

這次她頗為佩服地點頭。

「你的老師會講很深奧的話呢。說得沒錯，只要有溫暖美味的食物就能活下去。」

「是圃人。」

「難怪。」

孤電的術士頻頻頷首，像在親吻戀人似的吻上蘋果酒。

她舔去幾滴酒液，用拿酒瓶的那隻手指向他：

「活力就是從那種地方湧出來的。要吃自己想吃的東西。」

「……想吃的東西嗎。」

「沒錯。不必顧慮。」

孤電的術士彷彿要將這句話付諸實行，大口喝酒，大嚼香腸。

「在這方面，不曉得哥布林又如何。」

「……」

哥布林殺手一語不發，隨手撿了根木棒攪動營火。

仔細一看，那根木棒前端分成兩頭。只要拿顆石子夾在其中，再用繩子綁緊，就會是很好用的棍棒。

「生為哥布林算幸福，或不幸呢——……什麼都不知道、什麼都沒在想，是很輕鬆的。」

「……」

「但他們卻又瘦又餓。欲望深不見底。無法得到滿足。」

「沒興趣。」

哥布林殺手一口斷言。

「問題在於，那些傢伙會做什麼判斷、如何行動。而非其他人怎麼想。」

「沒錯。正如你所言。」

孤電的術士小口小口啜飲著酒，彷彿捨不得喝光。

營火劈啪作響，哥布林殺手持續拿木棒攪動。

「所以，你不寫關於哥布林的書，我也不認為這判斷有錯。」

或許是拜這個行為所賜，他沒有漏聽這句呢喃。

也或許是這個行為害的，他無法看清她臉上的表情。

「得到知識並非幸福，而是伴隨著各種勞苦。得到前如此，得到後亦然。」

何況，會想獲取知識的人本來就是少數——她說。

「因為人們想在英雄身上尋求的並非史書，而是愉快、痛快的敘事詩嘛。」

——不難理解。哥布林殺手點頭附和。

他想起很久很久以前的回憶。記得自己還住在村子的時候，聽過好幾則英雄傳奇。

八成全是吟遊詩人胡謅的冒險故事。

於是他便相信了那些故事，決定當個冒險者——不，是夢想成為冒險者。

明明他不會。也不能。

「怪物辭典也一樣。我們可是很辛苦的喔？後續還得勞煩一大堆人。」

學習、調查、撰文、編纂。她的話語在空中飄動，像跳舞似的。

抄寫成書、裝訂、搬運、送到各地、管理、保存——

不對，大前提是要具備足以走到這一步的知識。

「那些知識。」

孤電的術士嘀咕道，用嘴上念著「這是必要的」邊切開生物腹部的語氣。

「沒道理無償教給跑到村外、話也聽不懂字也看不懂，會死在小鬼手下的人。」

教了也沒用，他們沒有理解的意願，遑論能力。

——學習就是這麼回事。

「不寫關於哥布林的書——就成本效益來看，我不認為這是錯誤的判斷。」

哥布林殺手稍作思考。記得村裡有知識神的寺院，雖然很小……

如今想想，早知道當初就多去幾次。

除了姊姊教他的文字和計算，他從未學過其他東西。

「……我以為，知識神的學徒滿熱心於傳授學問。」

「我理解也支持他們喔。符合他們理想的世界，是非常豐饒溫柔和平美妙的。」

哥布林殺手陷入片刻的沉思。任何人都能得到知識的世界。完全無法想像。

他所知的教育，是姊姊教的文字，以及師父教的知識。

文字的讀寫暫且不論——知識可不是能單純由人給予的東西。

不是他人願意給，就必定能得到的東西。

「但這裡可不是理想鄉。而是充滿宿命及偶然的四方世界，諸神的棋盤上。」

我不會同情那些一無所知地前去送死，又素未謀面的人。

這番話並非說給他聽，只是在自言自語。孤電的術士像在疼愛酒瓶般親吻它。

「知識之光纖細微弱，迷惘之暗至今仍無邊無際。」

「……」

「你的知識，說不定是照進黑暗的一盞燈（Spark）喔。」

哥布林殺手聞言，稍微轉動鐵盔，望向她。

夜晚的黑暗和營火火光的狹縫間，隱約看得見目色迷茫、泛著水光的雙眸。
或許只是錯覺。哥布林殺手問：
「那麼，妳的又如何。」
她沒有回答。維持著沉默，曖昧的笑容在火花另一側顯得模糊不清。

§

「一言以蔽之，就是角。」
差不多快要走到曠野盡頭時，她開口說道。
腳下的雜草減少，慢慢看得見裸露的地面。
前方八成是荒野。荒蕪的原野。
彷彿被整片燒盡過的紅褐色土地，據說是神代之戰的古戰場。
他沒有興趣。哥布林殺手回道「是嗎」。
「不僅限於四處，但可以說是四方之一。當然目前這情況是指概念上啦。」
果不其然，他又說了一次「是嗎」。
「那裡就是目的地嗎。」
「某種意義上來說，沒錯。打個比方——」

她甩甩手，用彷彿魔法一般不自然的手法，憑空拿出骰子。

閃閃發光的骰子有如獸牙，或寶石。

骰子反射逐漸西斜的太陽紅暉，向四面八方投射光芒。

「這顆骰子有幾個角？」

「八。」

「答對了。那有幾個面？」

「六。」

「又答對了。」

那麼——孤電的術士彷彿在指導優秀的學生，露出誘人笑容。

「站在一個角上，能看見什麼？」

「……」

哥布林殺手想了一下，然後說出單純的事實。

「三個面吧。」

「沒錯。」

孤電的術士揚起嘴角點頭，一副心滿意足的模樣。

她明明在倒退走，步伐卻沒有絲毫不穩。

哥布林殺手背好行囊，面對著她跟上去。

「試圖前往山頂的情況下，目的地是**那裡**、景觀，還是更前方——的意思。」

哥布林殺手說了第三次「是嗎」。

「那裡有哥布林。」

「我好不容易才找到這的說。害我差點心靈受創。」

——你瞧。

孤電的術士彷彿看得見身後的景色，笑著面向前方。

在她提醒前，哥布林殺手壓根沒注意到那東西。

暗黑之塔。

又黑又高，宛如一道黑影的塔，聳立於昏暗天色下。

在荒野正中央高高伸向天際。

他在鐵盔中眨了下眼，然後低聲沉吟。

「……剛才都沒發現。」

「我想也是。那是唯有知情者方能入目的存在。」

哥布林殺手毫無興趣地點頭，蹲下來凝視塔的入口。

——原來如此，確實有。

他看見哥布林如同暈開的墨漬般蠢動著。

是哨兵吧。

他們手拿短槍，睡眼惺忪地呆呆站在那裡。

「思考他們為何、如何能出現在這，只是浪費時間。」

輕聲細語在耳邊響起。還有甜蜜的蘋果香及藥味。

哥布林殺手在鐵盔底下移動視線，看著靠在自己肩上的她。

「小鬼的死之影竟然能延伸到這邊來。想必是東方某處發生了戰爭吧。」

「……影？」

陌生的辭彙。

她發現哥布林殺手一頭霧水，笑道「之後再跟你說明」。

「如果能從外牆爬上去，或是直接飛到塔頂就輕鬆了，可惜沒辦法。」

「從外牆爬上去。」

哥布林殺手喃喃複誦孤電的術士所說的話。

原來如此，還有這招。

「……走裡面嗎。」

「是啊。好了。」

孤電的術士像要從男人手中逃脫般，轉身從他的肩膀上離開。

帶著一如往常、意味深長的笑容問：

「該怎麼做？」

他回答。問都不用問。絲毫不需要猶豫。

「殺光哥布林。」

要做什麼顯而易見。

地點也明白了。

剩下的——唯有手段。

§

冒險者與委託人面對高大的暗黑之塔，伺機行事。

入口有哥布林在祟動。塔的周遭沒有樹木，視野良好。

唯一的植物，頂多只有兩人用來藏身的薔薇叢吧。

就這麼走出去的話，實在不可能不被哥布林發現。

「……沒有影子。」

哥布林殺手低聲道。

暗黑之塔背對夕陽，沉入漆黑的暮色中，外圍卻沒有塔本身的影子。

除非太陽位在天頂——不，即使如此，也不可能發生這種現象。

「要在隱蔽身姿的狀態下接近，有難度。」

哥布林殺手在意的卻不是那種**小事**。

當然，哥布林能在暗處視物，躲進影子裡也沒意義。

但他無法接受未做任何努力，就直接從正面進攻。

「仔細看。那些哥布林也沒有影子對吧？」

孤電的術士毫不掩飾興奮，用有點激動的語氣快速說道。

「那些全是影。影子生不出影子。理所當然的道理。懂嗎？」

「不懂。」

哥布林殺手簡短回答，聲音沉得有如低吼。

「影是什麼，先前妳也有提到。」

「魔法師所追尋的東西。」

孤電的術士揚起嘴角，哥布林殺手不覺得有什麼好笑，陷入沉默。

「剛才說過了吧？想也是浪費時間。那些是從某處的戰場回歸（Respawn）的。」

「……」

「總之跟塔一樣，位於某處的哥布林之影落到了這邊。例如……」

孤電的術士對哥布林殺手投以意味深長的目光。

「來自你所說的綠色月亮，之類的。」

「……所以，殺得掉嗎？」

這直指核心的問題，令對他拋媚眼的孤電的術士睜大眼睛。

隨後愉悅地輕笑出聲，彷彿目睹小孩子說中了真理。

「無影則不足為生者。表裡一體。不過，也不是沒有『能殺掉影子』的地點。」

「殺得掉嗎。」

哥布林殺手只嘗試理解自己聽得懂的部分，下達判斷。

若非如此，這位委託人又何必帶自己來到這？

孤電的術士點頭表示肯定：

「『影響』這個詞真不錯呢。影子的聲響會傳遞到本體，真正的塔也是利用同一性……」

跟你說這些也沒用吧。孤電的術士喃喃自語道，展露微笑。

「哎，就想成是詛咒好了。踩住影子，小鬼會被詛咒，然後死翹翹。就是這個道理。」

「知道了。」哥布林殺手說。他不清楚什麼詛咒。「那就好。」

重要的只有一點。

不知何時為了什麼而出現的塔，和據說是影子的哥布林，他都無法理解。

「也就是說，那些哥布林殺得掉。」

接著，他迅速行動。

只要知道該做什麼，又何必猶豫？

哥布林殺手撿起荒野上的小石子，選擇形狀最好的握住。

「要上了。」

話一出口，他便用力扔出那顆碎石，拔劍飛奔上前。

負責看守的哥布林驚覺他踢散薔薇衝出的身影，不由得張開嘴。

石頭劃過空中，小鬼還來不及尖叫就被擊中腦袋，往後倒下。

「GOROBBG⁉」

「一……！」

另一隻哨兵急忙抄起短槍，哥布林殺手正面殺向他。

「GBB！GROBG！」

他用圓盾擋開粗糙的短槍槍尖，刺出長劍一扭，把小鬼喉嚨剜出一個洞。

「GRBBO⁉」

骯髒的暗紅色血液噴出，在夕陽下畫出拋物線，弄髒鐵盔。

「二。」

他拔出劍甩落鮮血，刺穿不停抽搐的另一隻小鬼的喉頭，給予致命一擊。

「……會流血就殺得死。」

手感和一切要素，都與真正的哥布林無異。屍體也沒消失。

看來不必管什麼影子了。哥布林就是哥布林。

他用哥布林的纏腰布擦去血脂，順手撿起短槍。

影或什麼都好，只要還是把武器，用起來就沒有任何不妥。

「要在被發現前進去。跟上。」

「哎呀呀，你性子真急……噢，等等我啦。」

躲在草叢中的孤電的術士被他一叫，窸窸窣窣起身。

她用避免踩到薔薇的抬腳方式跑過來，伸手觸碰小鬼屍體。

本以為她又會拔出那把彎彎曲曲的刀，卻沒有。

「沒時間了，用這點小伎倆蒙混過去吧。」

她笑著以指尖沾起黏稠血液，在臉上畫下看似複雜文字（Text）的圖案。

哥布林殺手感覺到一股像全新墨水的氣味撲鼻而來。

「是什麼法術嗎？」

「只是增添香氣的字句（Flavor Text）。好，出發！」

哥布林殺手點頭，穿過暗黑之塔的入口。

§

——雖然以前從未見過，但走到哪裡都是類似的景色。

哥布林殺手奔跑在被用途不明的道具掩埋的通道上，如此心想。

塔內的通道異常複雜，有如迷宮。

金屬打造的嗎。看不見接合處的通道沒有盡頭，沒有窗戶，寬度讓兩個人站在一起就已經是極限。

潛入前本以為需要火把，神奇的是，塔內沒有光源卻看得很清楚。

然而超過一定距離的地方，就會像被黑暗遮蔽般無法目視，不曉得是基於什麼樣的原理。

他試著將火把扔到前方，一樣看不見，於是便告訴自己這裡就是這種場所。

「能接受事實是你的優點喔」，孤電的術士笑著說……

不管怎樣，沒遇到大群的小鬼就好。問題在於移動太花時間。

「六……！」

「GBBOR!?」

哥布林殺手用圓盾邊緣，砸向在轉角遭遇的哥布林的鼻尖。

鼻骨碎裂、刺進腦部，哥布林噴著血，仰倒在地上斷氣。

即使是哥布林，腦一樣是要害。

經過戰鬥、思考、調查、分析，他得出這個結論。

不管是知識或技術，每殺一隻小鬼，都能得到些什麼。

全都是練習、實踐、經驗。

「七！」

例如這樣。

哥布林殺手甩出手中的槍，用力擲向通道深處。

那把槍貫穿空間，直接刺進另一隻哥布林的胸口，造成致命傷。

他在小鬼吐血掙扎時撲過去，踩斷脖子了結他。

「你從投擲銜接到突擊的動作，也變得挺熟練的嘛。」

孤電的術士走在他一到兩步之後，忍著笑說。

「無論身處室內或室外，能先發制人射擊，就是一種優勢唷。」

況且又和弓不一樣，不會占用雙手。

哥布林殺手點頭表示贊同，撿起小鬼的棍棒。

「知道路線嗎。迷路就麻煩了。」

「噢，別擔心。」

孤電的術士優雅地亮出右手。

燈(Spark)的光芒在她手上閃耀。

「它會引導我——不如說，我所到之處即是目的地。」

「不懂。」

「要去哪裡不是燈決定的，而是它的主人。」

就這樣繼續走。哥布林殺手聽從她的指示。

經過幾條岔路和墓室，塔內的模樣依然沒有變化。

最後他們抵達的空間也一樣，唯一的不同之處，在空蕩蕩的房間中有扇厚重的門。

不，還有一點——

「這是什麼？」

沒有鎖孔，推測是用黑檀做成的門前，飄著一團疑似霧氣的物體。

哥布林殺手暫且無視它，調查門扉。

沒有鎖孔倒無所謂，那扇疑似雙開式的門，卻連接合處都找不到。

「嗯……這樣的話，就該把它視為關鍵吧。」

孤電的術士愉悅又煩惱地說，不停戳動那團霧。

每戳一下，黑霧的形狀就會不安定地變來變去，如氣泡般彈跳、搖晃。

「被投影出來，因而失去正確形狀的立體……也就是鑰匙。我是這麼認為的。」

「搞得定嗎？」

「只要把它重新組合成正確形狀就行了……吧？」

「這我不懂。」

哥布林殺手回答，回頭望向他們進來的方向。

聽得見哥布林的吆喝聲。大概是終於發現異狀了。

接著是咚咚咚的跫音，大叫。各種武器的碰撞聲。

他在鐵盔下吁出一口氣。輕鬆很多。不會有來自背後的敵人，出入口只有一個。

比保護村莊簡單許多。不能輸是一定的。該做的事也一樣。

「交給妳了。」

「嗯，我試試看。」

她可靠的回應從背後傳來，哥布林殺手賞了衝過來的小鬼一棍。

「GOBORO!?」

「哼。」

頭蓋骨碎裂，哥布林噴著骨頭、鮮血與腦漿飛出去。

另外兩、三隻被波及到，跟著被撞飛，他撿起棍棒，蹲低身子擺好架式。

穿戴骯髒的皮甲、斷了角的鐵盔，左手綁著一面小圓盾，右手拿著一把不長不短的劍。

「GOB！GOOBBG！」

「這樣就，十！」

哥布林咆哮著撲過來，他挺劍從小鬼的下巴刺入。

「GOBOGO!?」

隨後把抽搐的小鬼屍體砸向旁邊那隻，順便拔出劍。

接著迅速用盾牌擋住從左側襲來的棍棒，完全不在乎手臂發麻，揮下武器。

「十一……！」

他順勢向前踏了幾步，劍尖刺向小鬼的喉嚨奪去性命。鮮血噴出，濺到劍柄及手上。

哥布林殺手毫不猶豫放開劍，踹倒小鬼，從他手中搶走斧頭。

哥布林們推開第一隻同伴的屍體，從前方逼近。

「唔……！」

他用左手的盾牌擋掉短槍，揮下手斧。從沒打算牽制敵人。招招都是必殺。

——敵人懷著殺意攻來，還覺得打偏沒差的傢伙贏得了嗎？

師父曾經一面狂戳自己，一面這麼說。

帶著殺氣全力揮劍，若能順便造成牽制豈不更好。

哥布林殺手深深吐氣，調整呼吸，拔出陷進小鬼頭蓋骨中的手斧。

「十、二。」

「GOROBG……」

「GBBB……！」

不敢進攻的哥布林們，憤恨地低吼。

接近到這個距離，氣味早已無關緊要了吧。

女人。有女人。年輕的女人。而且只有兩個人。襲擊他們。掠奪他們。

醜陋的面容滿溢欲望與憎惡。即使是影，小鬼終究是小鬼。不，正因為是影才更加如此。

小鬼們因為好不容易發現女人卻遭到阻撓，焦躁不已。

明明他們才是襲擊的一方，卻無法接受被人妨礙。

要是沒有這傢伙。都是這傢伙害的。

「GRRGB！GBGOROGOB！」

「GOROGG！」

哥布林殺手聽不懂哥布林語。

然而不可思議的是，他非常清楚那些傢伙八成這麼想。

——要用什麼手段殺掉他們呢。

他思考著，重新握好手斧。放馬過來。

藉狹窄的門口封印住數量優勢和奇襲，一對一的話，不可能輸給哥布林。

至少在他還有體力的時候，然而——……

「……這什麼啊？」

因此，即使孤電的術士在背後發出疑惑之聲，他也不慌不亂。

「奇怪，奇怪喔……！」

「怎麼了。」

「不應該有這種立體存在！以構造來說是不可能的！」

「是嗎。」

他從來沒聽過她如此著急、困惑的語氣。

然而對此並無感想。他們交情沒好到那個地步。

又怎麼能自我感覺良好到，認為自己能理解他人的一切呢？

「還能撐一陣子。」他低聲說道。「一陣子。」

「嗯、嗯，我知道……我知道……！」

哥布林殺手聽見她啃咬拇指指甲的聲音。

但此刻更重要的是，那些聽見女人說話聲、露出淫穢笑容的哥布林的動向。

「GGOBOGOBG！」

跳躍。

哥布林踩過同伴的屍體，試圖從他頭上跳過去，突破防線。

哥布林殺手深深吐氣。體力足夠。

「GOROR!?」

「十三。」

他知道哥布林的胯下是弱點。

哥布林殺手毫不留情，朝雙腿間揮出手斧，將之擊落。

「GOBOGOBOGOOOBO！？！？」

小鬼發出混濁難聽的慘叫聲，翻著白眼抽搐。

哥布林殺手看都不看那邊一眼，抽出自己的短劍水平擲出。

「GOROB!?」

「十四……唔。」

小鬼大聲哀號，身體後仰，掙扎著想拔出刺中眼窩的短劍，就這樣斷氣。

哥布林殺手點頭。原來如此，眼球很軟。

「是個好目標。」

之後也把襲眼列為選項吧。之後——前提是要有之後。

哥布林殺手將掉落在地的小鬼武器踢向空中，一把抓住。

「GOROG！GGBOROGO！」

「GOOROOGBG！」

戰鬥的聲響仍在持續。

另一方面，孤電的術士端正的臉上神情緊繃，滲著汗水與淚水和黑霧搏鬥。

那東西可比霞靄，想抓住它的實體，就跟將手伸向空中一樣徒勞。

不過那又如何？

和之前沒有任何差別。

她累積至今的知識，全是靠這種方式得到的。

孤電的術士趴向地上，從行囊中取出黑板與粉筆，不停寫下數列。

萬物皆為數字。現象(Data)乃是由數字構成。

既然那就是現象，連神她也會解構開來。不得不解開。

一隻、兩隻。哥布林殺手堆起一具具小鬼屍體。

一個、兩個，她明晰的頭腦也逐漸連接起曖昧模糊的存在。

「——原來如此，我明白了！明白了！明白……了！」

哥布林屍體又多出十具時，她痛快地大叫。

孤電的術士扔掉粉筆，抓住她編纂出的魔法書——那疊卡牌。

「高出一個次元的立體！就像在紙上畫出立體那樣——換言之，這是影！」

她朝暗黑之塔的地板用力一蹬（Tap），站起身。

接著將手中的幾張卡牌翻回表面，以猛烈的魔力漩渦挑戰黑霧。

「三個頂點，三條線。四個頂點，四個面。那麼高出一個次元的最小圖！」

恍若咒文的言語奔流接連襲向黑霧——黑霧在空中翻了一面，如花朵盛開般產生變化。

「……即為五個頂點，五個細胞（Cell）！」

喀嚓。傳來有什麼東西動了的聲音。

黑檀門突然迸出一道像被劍砍斷似的光芒。

——暗黑之塔開啟！

「成功啦！」

孤電的術士用像在吹號角的高亢聲音歡呼。

「搞清楚後就沒什麼大不了的。是騙小孩的伎倆！哥布林殺手！」

「……喔。」

他正在衝向第二十六隻小鬼，用斷掉的短槍槍尖捅進眼窩。

拔出槍尖，眼球便連同視神經一起被扯出來，斷裂。

哥布林殺手扔掉它，轉身飛奔。

「GORO！GGBGOGOB！」

「GOROGB！」

少了障礙物，哥布林們瞬間如一波濁流，湧向房內。

「那扇門有辦法關上嗎!?」

「當然！你以為我是誰——……」

「那就，動手……！」

「哇！」

哥布林殺手無視她的尖叫，將纖細身軀攔腰抱起。

「真是，勸你最好學學該如何對待女性！」

「別廢話，快！」

哥布林殺手無視她所有的不平不滿，衝進門後。

回頭一看，哥布林們口水亂噴，大叫著逼近。

「知道了嘛。」

被他扛在肩上的孤電的術士抱怨道，晃了下手指。

黑霧隨著他的動作劇烈扭曲，改變形狀。

「GOROOGGB！」

哥布林伸手試圖闖入門後——然而，太遲了。

「沒人邀你們……啦。」

黑檀門靜靜關閉，鎖上。

只剩下連核桃也能俐落切開般，遭到門扉截斷的哥布林手臂。

§

「……結果，那是什麼。」

哥布林殺手走在漫長的螺旋階梯上，問道。

樓梯繞了一圈又一圈，令人懷疑門後是否沒有盡頭。

考慮到塔的高度，這好像也是理所當然，因此冒險者與委託人都沒有抱怨，持續向上爬。

他之所以開口，並非因為無法忍受沉默。

「嗯，那個呀。」

孤電的術士挺起胸膛，彷彿在炫耀自己的孩子有多優秀。

「就是影囉。就像線與面世界的居民無法理解什麼是高度，我們也一樣……」

除了長、寬、高，再加上一種定義空間的座標，擁有軸的物體——……

說著，她得意地揚起嘴角。

「……不過至少能窺見立體的影子，導出其形跡。擁有智慧的話啦。」
「就是那個神祕的東西嗎。」
「是啊。」
「哥布林也有辦法突破嗎。」
唔。她扶著樓梯的內牆撐住身體，停下腳步。
哥布林殺手也跟著停下，回頭望向孤電的術士。
她「嗯」一聲點了點頭：
「我明白你真正想問的問題，不過若要照字面上的意思回答，答案是否。」
「不行嗎。」
「並非不可能。機率就跟猴子提筆亂寫，碰巧完成一部精采的小說差不多。」
或是跟碰巧遇見龍的機率差不多。哥布林殺手低聲沉吟。
可能性不是零。這項事實有時會帶來勇氣，有時也會令人感到不快。
無論是偶然抑或宿命，可能發生的事就是會發生。該死地。
「那回答我真正想問的。」
「如果是指前方有沒有哥布林，答案是有。」
孤電的術士答得十分敷衍，像在拋手毬似的隨便甩甩手。
「因為那是影子嘛。一回神就會發現在那，追尋源頭只是浪費時間。」

「是嗎。」

「我也很驚訝。」

她愛憐地撫摸腰間酒瓶，舉起就口，咕嘟咕嘟灌起酒來。

隨後吐出一口炙熱的氣息，用手背擦拭嘴角：

「還以為終於掌握通往目的地的線索，結果竟然成了哥布林巢穴耶？」

「常有的事。」

哥布林殺手像在低鳴般咕噥道，又補上短短一句：

「很常。」

「該視為宿命還偶然呢，令人煩惱。」

「沒興趣。」

「真冷淡耶。」

他無視咯咯笑著的孤電的術士，踏上下一階階梯往上爬。

有哥布林，就該把注意力集中在那。其餘都是小事。

他在雜物袋中摸索，取出活力藥水（Stamina Potion），效法她喝了一大口。

既然不知道這座塔的高度，以及和哥布林的戰鬥會持續到何時，就該一口一口分次喝。

「總之，除了哥布林外，沒什麼好擔心的。」

孤電的術士小跑步跟在後面，語氣依然信心十足。

「假如這座塔是為了我們存在，那個不定形就是給我的阻礙……也就是神之影。」

「神。」

「例如假身、木靈之類的。神的姿態沒人知道。我的算式說不定就是喔？」

——神。

哥布林殺手連頭都沒回。他覺得這個詞跟自己無緣。

無論如何，不是哥布林便與他無關。

§

實際上，孤電的術士可以說言出必行。

「很好……很好，很好！」

因為她在下一層樓也與諸神的泡沫交鋒，順利獲勝。

「只要搞懂法則、方式，剩下就只有計算！活該啦！……嗯，不會有錯！」

書寫算式的粉筆及黑板，在第二層樓一下就被她扔掉。

她把手指抵在下顎，自言自語，剛陷入沉思不久就大叫道：「八！」

不定形的細胞翻了一圈，如星辰似的閃爍著，變成鑰匙形狀，打開通往前方的門。

負責抵擋從後方逼近的小鬼的哥布林殺手，迅速扛起她衝進門後。

「我不是叫你溫柔一點嗎！」

「沒興趣。」

全是在重複這個過程。

在第三、第四層樓時，她已經連擺出計算的樣子都不用。

孤電的術士使勁踢擊地板，用源源不絕的魔力操縱卡牌，轉眼間就打開了鎖。

「十六——」然後，「——二十四！」

宛如魔法。

託她的福，哥布林殺手保留了許多體力。

哥布林的數量並沒有隨樓層減少。

若不能將其一網打盡，他的體力就會一直消耗下去。

使盡手段，想盡方法，用盡武器，絞盡腦汁，恪遵守則，不斷化解難關。

砍斷喉嚨、刺穿眼窩、擊碎頭蓋骨、踩爛內臟、毆打面部。

步驟越少越好。

從這角度來看——第五層可以說有點艱辛。

「咿，咿，咿……不簡單啊。」

「很難嗎。」哥布林殺手踩斷不曉得是第一百零二隻還是一百零三隻小鬼的脖子。

「GOROOG！GBBGR！」

「GRB！」

他氣喘吁吁。勉強調整好呼吸，接著用盾牌敲死小鬼。

儘管中途有稍事休息，還喝了藥水，疲勞仍然持續累積。

只有金等級或白金等級的強者，才能夠不眠不休地探索廣闊的迷宮吧。

那是還停留在低等級的哥布林殺手，完全無法想像的世界。

——不過，比在村莊戰鬥來得輕鬆。

他想起之前為了守護一座村莊經歷的苦戰，如此斷言。

沒什麼大不了。跟那場戰鬥比起來，現在只需要警戒前方。也沒下雨。

該保護的只有一個人。武器會由敵人自己送上。問題在於體力，以及集中力。

「很難？虧你敢對我講這種話！」

孤電的術士再度放聲大吼。

她瞪著高次元的影子，翻過卡牌，眼神有如一名環視戰場的軍師。

「看好了！——區區一百二十，只需一步就能構築完畢！」

細胞在空間中綻放，萌芽，如同花朵盛開似的製造出鑰匙。

鑰匙轉動。門靜靜分成兩半，孤電的術士得意地哼氣。

「來吧，道路已開！快走，沒時間管哥布林了！」

哥布林殺手沒有回答，說著「一零五」，拿劍刺中小鬼的喉嚨。

「GOOBGGRGRG!?」

哥布林慘叫著倒下，他順勢放開劍，撿起腳邊的棍棒。

「沒辦法輕易殲滅啊。」

「我不是說過他們源源不絕嗎！我方的資源（resource）是有限的！」

哥布林殺手低聲咂舌，迅速轉身。

孤電的術士已經鑽到門後，大概是學到教訓了。

「因為我不想被扛起來！」

哥布林殺手在這句話的迎接下跟上她。

「GOOBGRG！」

「GB！GBOOR！」

背後傳來的哥布林尖叫聲，也在門關上的瞬間消失。

眼前同樣是漫長的螺旋階梯，哥布林殺手站在起點，深深吐氣。

「不痛快。」

「什麼東西？」

孤電的術士坐到樓梯上，微微歪頭。

她不捨地啜飲所剩無幾的蘋果酒。

「要是這些哥布林跑到外面。」

「哈哈哈哈哈。我還以為你是在擔心回程。」

哥布林殺手搖頭。要做的事沒有差別，只是從上樓變成下樓罷了。

「放心吧。他們等於是在塔的影子裡。」

「無法離開塔？」

「太陽下山，影就會消失。他們只存在於塔存在的期間，恐怕……」

她露出陶醉的——彷彿在作夢的眼神，望向螺旋階梯的前方。

「……等我抵達目的地，這一切就會結束。」

「是嗎。」

他的回答相當簡潔。

孤電的術士錯愕地看著他，笑出聲來。

而且是捧腹大笑，讓人回想起兩人第一次見面的時候。

「你這人真的很奇怪！都不會好奇嗎？好奇有什麼東西，或是我要做什麼之類的。」

「沒興趣。」他搖頭。「不對……」

孤電的術士把手撐在大腿上托著腮，興致勃勃等待他繼續說。

哥布林殺手再度沉吟，然後平靜、緩慢地開口：

「……老師說過，事情全都分成『要做』或『不做』。」

「那位圃人老師。」孤電的術士瞇起眼睛。「不是分成敗？」

「成功或失敗，都是做了才有的結果。不去做就不會有。」

這是他第一次向別人提起這些。也不知道為什麼會想對人說。

沒錯。他喃喃自語。當時他沒做。沒有試圖去做。所以才。

「我不會對別人決定要做的事有意見。」

「只要不妨礙你除掉哥布林？」

「沒錯。」

孤電的術士點點頭，一副發自內心感到喜悅的樣子。

「委託你真是太正確了。哥布林殺手。」

「是嗎。」

「哼哼。」她用手指搓了搓人中，輕快地站起來。

「那麼出發吧！委託人的目的地就快到囉，冒險者！」

妳知道目的地快到了？面對哥布林殺手的問題，她回答「那當然」。

「四、六、八、十二、二十。這五個是我們所知的事物形體的基準。」

兩人爬上樓梯，進入有哥布林徘徊的迴廊。

他們壓低腳步聲，屏住氣息，殺掉小鬼，往深處前進。

不同樓層也只有細部不同，構造似乎是一樣的。

顯而易見，他們該前往的墓室在塔的中央，委託人與冒險者毫不猶豫地前進。

不，是只要她指上的燈(Spark)仍在閃耀，就不會迷路吧。

「到目前為止，落在塔內的影子分別是五、八、十六、二十四，以及一百二十。」

「五個。」

哥布林殺手從背後摀住小鬼的嘴，橫向一劃，割斷他的喉嚨。

血液發出類似笛聲的咻咻聲噴出。等到小鬼斷氣，他才將屍體扔出去。

「所以我認為快要走到底了。關卡數量大概同樣是五道吧。」

「是嗎。」

「雖然要等抵達目的地才會知道啦……」

這句話果然沒錯。

也就是說，疑似終點的墓室果然有扇黑檀門——門前又有影子。

雖不想承認但是我計算錯誤，孤電的術士皺眉說道。

「不過基本都一樣。總會有辦法的。」

「是嗎。」哥布林殺手點頭。「那麼，我該做的事也不會變。」

「GOOBOGR！GOOROG！」

「GGOBOGOB！」

連從背後逼近的哥布林叫聲，都一成不變。

哥布林殺手逼迫有點沉重的身體行動，守在門前。

從雜物袋取出活力藥水，只剩一些了。他一口氣喝光它。

「GOROOGB！」

「……數不清了。」

他咂舌扔出武器。武器和小鬼頭蓋骨一同碎裂的聲音，為戰鬥揭開序幕。

「一隻。」

「加上一百零五再加十二。」

孤電的術士頭也不回扔出這句話。哥布林殺手輕輕哼了一聲。

「一百一十八。」

接著揮下手中的棍棒，砸向下一隻哥布林。

「GOOBOG!?」

「一百一十九！」

§

砍、刺、敲、打、投擲，然後殺掉。

「GGOBOGR!?」

「GOOGRB！GBOG！」

若用一句話描述，堆起屍山的哥布林殺手逐漸落於下風。

因為是影，又或者哥布林本來就是這種生物？

從狹窄的門口湧進來就只會被殺，製造出一具又一具屍體，哥布林的氣勢卻絲毫未減。

不僅如此，小鬼還學會拿同伴的屍骸當盾牌，從後方扔石頭。

「…………嘖。」

石頭發出沉悶聲響，擊中盾牌和頭盔。手臂發麻。頭部搖晃。

即使隔著鎧甲，打中肩膀的石頭還是會造成傷害，移動盾牌的速度漸趨遲緩。

「喔、喔！」

「GOROOBG！」

哥布林判斷這是個好機會，立刻從遮蔽物後面跳出來。

但哥布林殺手以半是脫手滑出的方式扔出劍，先發制人。

劍射中喉嚨，小鬼吐著血泡仰倒在地。

值得慶幸的是，地上的武器要多少有多少。

哥布林殺手踢起棍棒抓住，像在喘氣般不停吸吐，調整呼吸。

不曉得是有意為之，還是基於本能，哥布林很清楚該如何利用數量優勢。

為了獨占利益而打頭陣，或是將那愚蠢的同胞當成誘餌。

並非不畏懼死亡，而是本著毫無根據的確信，相信只有自己不會死。

毫不間斷的飽和攻擊，逐漸消耗哥布林殺手的體力。

然而就連在塔內的車輪戰都比不上。

經歷過之前的村莊防衛戰，他才能堅持到這。

不過當時有足夠的時間採取防禦措施。早知道就做個路障。

——人手不足啊。

敵人是區區哥布林。最弱的怪物。這項事實無可動搖。

然而其數量有時甚至能磨潰整隊冒險者，更遑論一個人。

哥布林殺手學到了。暫且不論有沒有運用這個知識的機會。

「可惡……這是，什麼啊！」

孤電的術士也理解當前狀況。她很聰明。不可能不明白。

這令她更加焦急，額頭滲出汗水。

她對著飄在空中的影子絞盡腦汁，阻擋她的卻是殘酷的現實。

「……太花、時間了！」

她知道。

她能理解。

她明白這代表什麼涵義。不小心明白了。

「遠超過剛才的一百二十。這是……**這是六百！**」

正六百多胞體——這存在遠遠超出了她所想像的極限，輕而易舉地。

她能理解。也能想像。

但是，然而——究竟得花上多少時間計算？

至今耗費多少時間才走到這一步？

在棋盤上獲得生命，與師父邂逅，鑽研知識，如狂奔般抵達此處——

「時間，還不夠嗎……！」

雙眼泛出淚水。她知道。這並非悔恨的淚，也不是悲傷的淚。

只是情緒激動造成的生理反應。她這麼告訴自己。

是故，孤電的術士連拭淚的時間都嫌浪費，毅然挑戰神的意志。

正因如此，哥布林殺手必須盡量幫她多爭取一分一秒。

「GOROBBG!?」

「喔喔！」

不曉得第幾隻了。他逐漸遺忘孤電的術士剛才告訴他的數字。

喘不過氣。氧氣送不到大腦。

師父好像笑著說過，大腦這種東西是用來製造鼻水的。

人不會因為沒有鼻水而亡——……

「GBB！GOROBG！」

「……嘖！」

他遭到偷襲。

哥布林混進地上的屍山中爬過來，朝他的腳揮出短劍。

再怎麼計算殺敵數，戰鬥時都不會有那個心思連屍體數量都去關注。

以防萬一，哥布林殺手當然也有加強腿部的防禦。劍刺不進去。

但他一踏出步伐，就踩到又黏又滑的液體——是哥布林的血。

他單膝跪地以穩住打滑的身子，這時，小鬼們蜂擁而上。

「GOBB！」

「GROGGB！GROB！」

「啊！」

他咬緊牙關，滾向旁邊揮下棍棒。

一隻、兩隻，小腿被打中的哥布林哀號著倒地，一隻小鬼從上方躍過。

他有種背脊發涼的感覺。不能讓他過去。不能讓他到對面去。

哥布林衝向毫無防備的她的背影，臉上八成帶著下流的表情。

哥布林殺手捶了下地板，伸長軀幹。

背部傳來衝擊。其他小鬼在妨礙。無視。

他放開棍棒，右手抓住哥布林的腳。抓住了。把他拽過來。

「喔喔！」

「GBBBOR!?」

他用左手的盾攻擊小鬼後腦勺。圓盾邊緣擊碎頭蓋骨，鮮血四濺。

情況刻不容緩。哥布林正在逼近，武器，武器，武器——

「這樣，如何……！」

他扛起仍在抽搐的哥布林身體，連同盾牌一起砸向小鬼群。

「GOOBOGR!?」

「GOOB!?」

數量無論何時都有效，重量亦然。

裝備鎧甲的冒險者，加上屍體重量使出的身體撞擊。

好幾隻哥布林被他一起撞倒，又被擠出墓室。

「唔……！」

哥布林殺手深深吐氣，看見腳底有一灘新血跡。

看來背上的悶痛不是棍棒類的打擊武器造成的。

他把手伸向背後確認，斧頭敲裂裝甲，砍傷背部。來得正好。是武器。

哥布林殺手毫不在乎傷口還在流血，拔起斧頭。足以令人窒息的疼痛傳來，而他屏息忍住。

「還要多久？」

即使如此，他仍下意識這麼問，或許是因為有點撐不住了。

「不……知道……！」

那聲音彷彿是硬從喉嚨擠出的，哥布林殺手覺得她隨時會哭出來。

「我解得開。我想得通。我會找出答案給你看——可是，時間……不夠！」

哥布林殺手吸氣，吐氣。

「不夠嗎。」

「嗯……！可惡，都到這個地步了，為什麼……啊啊，可惡……」

孤電的術士暫時陷入沉默。

她淺淺地呼吸了兩、三次，似乎在猶豫該不該吐露話語。

接著，她開口說道：

「這明明是我的冒險（Scenario），卻把你也牽扯進來……抱歉。」

「是剿滅哥布林的委託（Scenario）吧。」

哥布林殺手若無其事地回答。

「沒有問題。」

問題可多了。哥布林殺手在鐵盔下揚起嘴角。

眼前是大批哥布林。後方是委託人。自己遍體鱗傷。瀕臨極限。

活力藥水的效果也只不過是預支體力來用，不存在超過極限的力量。

如果逞強或亂來能殺掉哥布林，就用不著那麼辛苦了。

啊啊，不過——……

——我的口袋裡有什麼？

這是師父出給他的謎題之一。

答案至今仍不明。裡面放了戒指還是什麼東西嗎？

但他知道，此刻自己的口袋裡有什麼。

「我有計策。」

無論何時。

重要的都不是能不能做到。不是會不會順利。

而是要不要去做。

哥布林殺手首先擲出斧頭。

斧頭在空中旋轉，握柄命中小鬼的臉，彈飛砍入旁邊那隻小鬼的腦袋。

「GOROOOOBB！」

「GGGB！GOOBG！」

哥布林憤怒地大叫。

哥布林殺手把手伸進雜物袋，握住**那東西**。

「爭取時間。」

他連武器都沒拿，筆直走向哥布林的漩渦中。

「GOOBOG！」

「GBBB！GBGO！」

赤手空拳。看到他全身負傷的狼狽姿態，小鬼們紛紛大笑。

孤電的術士覺得這陣笑聲聽起來像在嘲笑自己，抬起臉。

「爭取時間？」

眼前是不定形的黑霧。

腳下是血——流過來的哥布林血，或是哥布林殺手的血。

回頭八成會看到一片血海。但她沒有回答。

「**我——真傻！**」

時間不夠的話，去爭取就行了。

為何沒發現如此簡單的道理！

為何沒有更早想通這個事實！

她用力踢擊腳下的暗紅色血泊。

任憑從體內溢出的紅色魔力驅使，拿起她編纂的魔法書——那疊卡牌。

「疾步奔行，雷鳴相伴——！」

紅色閃電從她腳下湧現，綻放光芒，彷彿要祝福她的意志。

燈（Spark）的光輝在手上閃耀。

「——《提速（Expedite）》！」

孤電的術士將世界留在原地，讓肉體、思考、頭腦加速。

因此，待她發現、理解發生了什麼事，是在一切完全結束後。

哥布林從墓室的入口湧現。蜂擁而至。進逼而來。

哥布林殺手走向哥布林群體，舉起緊握在手中的物品。

遠方似乎傳來骰子滾動的聲響。令人不快。

他絲毫不打算將那位委託人的性命，交給那種東西。

「GOBBGR！」

「GOR！GROOOOBG！」

大批哥布林如怒濤般湧上——不。

哥布林殺手知道真正的怒濤為何物。他從未親眼見過，但學過。

「吃我這招（Take that you fiend）。」

下一刻，哥布林殺手解開的卷軸炸出白光。

不，是看似爆炸般。

白色水花填滿視線範圍，潮腥味撲鼻而來。

不曾看過海的他，做為知識理解這就是大海的氣味。

「GOOBOGR⁉」

「GGO⁉GOROG⁉」

然而，哥布林不可能會知道。

他們想必連思考發生什麼事的心力都沒有。

小鬼作夢都沒想到，眼前這名男人手中的卷軸竟會噴出水。

高壓湧出的大量海水沖走哀號的小鬼們，撕裂身軀。

抵抗是沒有意義的。這股力量就是如此強大。

哥布林殺手確信。

這道水流肯定會把整座塔由上到下洗過一遍。

從魔女口中得知《轉移》卷軸的效果時所浮現的用法，堪稱上上之策。

先前委託心情很好的魔女這個任務時，她的評價是「很有趣呢」……

「嗯，真的。」

哥布林殺手扔掉被超自然火焰點燃的卷軸，坐倒在地上自言自語。

「真的，**很有趣**。」

§

眼前是一片異樣的光景。

哥布林殺手覺得，自己第一次目睹了不存在於世上的東西。

四面體結晶錯綜複雜，一邊蠢動，一邊像要伸出觸手似的，呈放射狀擴散開來。

看似沸騰的混沌泡沫，又似幻影，直盯著它也無法理解出形狀。

這就是六百多胞體──孤電的術士所說的話，他也聽不太懂。

只要知道門鎖打開了便足矣。

「是說，你也真夠亂來的。」

她推開黑檀門，慢步走在漫長的螺旋──金黃色的螺旋階梯上。

「水攻？塔垮了怎麼辦？洞窟也一樣，會被活埋喔。」

「我第一次用。」

他像在辯解般回答。

「有效，但不能常用。」

「沒錯。」

孤電的術士不滿地嘀咕道。

「怎麼能把性命賭在不穩定的王牌上。」

一步、兩步、三步。

她踩著小跳步往上爬，像在跳舞似的轉過身。

淡淡的蘋果香竄入鼻尖，哥布林殺手停下腳步。

孤電的術士伸出食指，用力指向鐵盔的面罩：

「如果逞強或亂來就能贏，人們就不用那麼辛苦囉。」

「是啊。」

哥布林殺手點頭。

「我會注意。」

「很好。」

她滿足地挺起胸膛點頭，宛如一名教師。兩人再度邁步而出。

無盡——真的是無盡的階梯。

只聽得見腳步聲和彼此的呼吸，也沒有窗戶，唯有黑色的內牆持續繞著漩渦。

不曉得爬到多高了，也不知道現在幾點。

天差不多快亮了吧。不過，夜晚應該還沒結束。

哥布林殺手心不在焉地想。

他不明白原因。單純是這麼覺得。

孤電的術士和哥布林殺手都精疲力竭。

步伐不穩，模糊的視線在搖晃，氣喘吁吁，雙腿彷彿拖著重石。

但不知為何，他們沒有休息。

大腦明白自己處於疲勞狀態，卻不會想休息。

兩人默默爬著樓梯。

為什麼呢？明明正在往上爬，卻有種要掉進螺旋中心的感覺。

哥布林殺手突然聞到懷念的燉濃湯香味。

肯定是錯覺。八成是因為太累。

他將所有的疑問以此作結，拋到腦後。

因此——雖然這兩件事毫無關聯——待他回過神時，螺旋階梯走到了底。

兩人抵達螺旋階梯最後的樓梯口，眼前又有一扇黑檀門。

「……」

孤電的術士靜靜撫摸那扇門。那扇雙開式，卻看不見接合處的門。

「……要開囉？」

哥布林殺手點頭。孤電的術士將顫抖著的手掌覆在門上。

用不著花太多力氣，門便自動敞開，彷彿在邀請他們前往內側，然後——

一陣風呼嘯而過。

是天空。

從深藍色到紅色、白色，顏色逐漸清澈的黎明天空。

宛如薄絹的彩霞在空中流動，被風拉長的卷雲延伸至天際。

樓梯口正是這個世界的盡頭。那麼前方就是遙遠的彼方。

孤電的術士帶著泫然欲泣的笑容，凝視通往虛空的那扇門的另一側。

啊啊，是這樣的景色嗎。或者是，我來到這裡了嗎。

這兩種感情、表情的界線很模糊，哥布林殺手無法分辨。

「滿足了嗎？」

「嗯，不。」

她眨了幾下眼睛，輕輕擦拭眼角。

「還沒。」

「是嗎。」

「因為我想去的是更前方。現在才開始呢。」

哥布林殺手又點頭說了一次「是嗎」，目光移向天空。

他覺得過去和師父一起爬雪山時，從山頂看見的景色跟這很像。

記得師父吟了一首詩。

他不懂詩，所以不記得——早知道就記一下。

「啊啊，是嗎……原來如此。」

孤電的術士忽然輕聲呢喃。

她把手放到豐滿的胸部上，吸氣，吐氣。

在指上閃耀的燈(Spark)配合上下起伏的胸部閃爍。

接著，她露出澄澈如天空的柔和微笑看著他。

看著臉被鐵盔、被面罩遮住的他。

「抱歉。看來我好像不小心因為私人原因(Scenario)，把你牽扯進來了。」

這句話她剛才也說過。所以，他也回以跟剛才一樣的答案。

「是剿滅哥布林的委託(Scenario)吧。」

沒錯。從頭到尾都沒有改變。

哥布林殺手若無其事地說。

「妳的話雖然不好懂，重點都有講到。沒有問題。」

孤電的術士錯愕地睜大眼睛後，「傷腦筋」像在鬧彆扭似的嘛起嘴說。

「你……真是個怪人。」

「是嗎？」

「是啊。」

「是嗎。」

他點頭，她笑出聲來。

跟初次見面時類似，卻又不一樣的笑容。

「欸，你。」

孤電的術士喚道，他歪過頭。

「你知道古老的神話中……有個耗費無盡歲月、試圖用貝殼撈光湖水的巨人嗎？」

哥布林殺手想了一下後回答：

「不知道。」

疑似有聽姊姊提過，但果然沒有印象。

師父也是，姊姊也是。不知道的事、被他遺忘的事太多了。

「怎麼了嗎。」

「……聽說巨人最後終於把湖水撈光，取得了水底的珍寶。」

「是嗎。」

「所以，我不會笑。」

「……」

「不會笑你成為專殺小鬼之人（Goblin Slayer）。」

哥布林殺手什麼都沒說。

孤電的術士滿意地瞇起眼，明知無法觸及，依然將手伸向天空。

燈在她的指尖搖晃。

「之前我也說過。你的知識是一盞燈（Spark）。」

——你有可能從未點燃那盞燈，安然無恙地結束一生。

——也可能在某個時機前往冒險，死在深沉黑暗中，就此告結。

言語重疊在伸向天空的手之上。

「就算這樣，還是有燈。」

與立志要當個冒險者的許多人一樣——……

「你也擁有燈唷。」

所以——我不會笑。

哥布林殺手沒有馬上回答孤電的術士。

他抬頭望向天空。開始透出金色光芒的，黎明的天空。

他不知道該說什麼，也不知道該做什麼。

「……那妳的呢。」

「我……」

哥布林殺手總算擠出一個問題，孤電的術士被陽光刺得瞇起眼睛。

「不知道，所以要去確認。」

她緩緩摘下燈的戒指，遞給哥布林殺手。

「回程……不對，在你未來的路途上，會用到它吧？」

之後就拜託你囉。她笨拙地拋了個媚眼。

「就當成預付報酬吧。」

「報酬。」

「嗯。」

孤電的術士點頭回答哥布林殺手。

「這次的事和之後的事，就拜託你了。」

「……」

「詳情去問櫃檯小姐。你們關係不錯吧？」

是嗎？哥布林殺手不清楚。

真的有跟他關係不錯的人？

所以他想了一下，決定只詢問對自己有必要的問題。

「……殺哥布林的時候，能派上用場嗎。」

「希望可以。」

是嗎。哥布林殺手點頭，然後收下那枚戒指。

據說，燈的戒指潛藏著《呼吸》的力量。

若之後還會用到水攻——不，即使不會用到，有這東西也沒壞處。

能否派上用場全看自己。師父是這樣教他的。

好好善用它吧。他下定決心。

見哥布林殺手點頭，她用取下戒指的手輕撫他的頭盔。

「再見囉。」

她只留下這麼一句話，便像走出家門似的躍向虛空。

就此消失在哥布林殺手面前。

哥布林殺手站在原地等了一下，沒有要回來的跡象。

他不曉得她去了哪裡。也沒興趣。

恐怕再怎麼說明，自己也連理解的能力都沒有。

她並非夥伴。他們也沒有一起冒過險。

若問起兩人的關係，是委託人與冒險者。不是朋友，什麼都不是。

只不過，硬要說的話，就像她之前提過的。

——出外靠旅伴。

哥布林殺手望向掌中，戒指散發昏暗的光芒。

燈（Spark）的光輝徹底消失，彷彿打從一開始就不存在。

已經只是個《呼吸》的戒指。

他將戒指塞進雜物袋，轉身慢慢離去。

背後傳來關門聲，但他並不會想回頭。

他走下漫長的樓梯，發現高度不怎麼高，沒花多少時間就移動到下一層。

然而塔內到處都是積水，小鬼屍骸在水中搖盪。

原來如此，確實需要戒指。

哥布林殺手戴上戒指，毫不躊躇跳進水裡。

然後像在游泳似的於水中行走，上岸，再度潛水，重複這個過程。

不久之後，他下到一樓，走出塔外回過頭，塔如同影子般消失得不見蹤跡。

黎明的天空廣闊無垠，太陽自稜線下方探出。

他瞇眼看著金黃色的太陽，心中不可思議地確信再也不會見到她了。

返回鎮上，向公會報告任務完成，前往酒館。

點了杯蘋果酒，一口氣喝光廚師不發一語送上的酒，離開。

形形色色的街道對面，是清澈的天空。

他瞇起鐵盔底下的眼睛，把戒指舉到陽光下看。

──果然沒有燈光(Spark)。

她說，朝頂點邁進，是為了那處地點，那片景色，或是前往更前方。

那麼──她的目的地，想必是這片天空的另一側，天空的彼端吧。

他不清楚**棋盤**外有什麼。

也不清楚她在那裡追求什麼。

棋子無法想像天上棋手的領域。

正因如此，她才會前往確認**它**吧。

她所企望的，難道是讓自己成為棋手？

思及此，哥布林殺手緩緩搖頭，邁出步伐。

去想像這些，未免太不知分寸。

那是她的冒險(Scenario)，而非他的冒險(Scenario)。

僅僅是個旅伴的自己，擅自推測她的成果並不適切。

她經歷過的苦難、得到的成果，全是只屬於她的寶物。

不過，他的腳步很輕盈。

疲勞壓在全身上下，不習慣的酒精令腦袋酩酊。

但他的心情十分晴朗，一如這片天空。

他也有一件可以帶著確信說出口的事。

——她肯定成功了。

間章
「不會為了魔法道具該如何分配而起爭執是件好事的故事」

「唔喔喔喔！」

長槍手發出分不清是慘叫還吆喝的聲音往旁邊滾動，從鳥喙下逃離。

被尖喙啄中的洞窟地面發出乾燥的啪哩啪哩聲，裂成石塊。

他握緊長槍重整態勢，眼前是隻目露凶光的雞。

但牠雙翼似蝠，長尾如蜥，並非尋常生物。

「是……雞、蛇……獸，呢。」

「我可沒聽說啊……！」

魔女憂鬱地皺眉，不能怪長槍手破口大罵。

簡單的工作——沒錯，單槍匹馬也就算了，有兩個人的話，理論上會是簡單的工作。

不出所料，他們順利解決了夜晚從洞窟裡晃出來的妖術師。

魔女使用沉默之術，消除聲音封住敵人的法術，再由長槍手一槍刺中心臟。

掀開兜帽一看，確實是不祈禱者。胸口有邪教的印記。

大功告成。之後只要進洞窟裡探索，委託就達成了。

雖說要拚上性命，不過是件難度恰當的一夜差事（One Night Business）。照理說。

「早聽說過『簡單的工作』等於『棘手的工作』，可是啊……！」

長槍手回想起古老的教誨，痛罵過去的自己。

他作夢都沒想到，妖術師會養雞蛇獸代替看門犬用。

「量產雞蛇獸的時代來臨了？這可不好笑……！」

真想殺掉意氣風發地哼著歌走進洞窟的自己。

「……法術，還剩……一次，唷。」

待在他身後的魔女微微壓低音調，輕聲說道。

考慮到法術的消耗量，真該睡一晚——不是那種意義上的睡——再進洞窟。

再怎麼咒罵自己愚蠢，狀況也不會改善。

長槍手瞪著用腳爪鏟地威嚇他的雞蛇獸，深深蹲低。

「只要距離不拉近總有辦法應付。萬一牠飛過來就完蛋了……」

「……」

不用轉頭都感覺得到，魔女倒抽了一口氣。

「……你，有……辦法，嗎？」

「只要那傢伙飛不起來。」

魔女用纖細微弱的聲音回答「我試試」，而長槍手相信了。他死都不想逃。

——在女生面前怎麼能丟臉！

「啦、啊！」

雞蛇獸發出詭異的鳥鳴聲大叫，長槍手壓低身子擺好架式。

魔女如歌唱般揚起薄唇，吐出一口氣：

「『阿拉內亞（蜘蛛）……法基歐（產生）……利加圖爾（束縛）』。」

事情發生在一瞬間。

長槍手飛奔上前。雞蛇獸朝地面一蹬，試圖飛到空中，腳爪卻被黏住了。

——是蜘蛛網。

長槍手沒有看見，也並非憑推論得知，而是直覺這麼告訴他。

蒼白、黏稠的某種物體，絆住了雞蛇獸的腳步。

——很好！

如此一來，只需一步（回合）棋即可了結。

他將長槍拉向身體，使出渾身力量貫穿雞蛇獸的心臟。

處理一隻動不了的雞，比射殺鴨子還簡單。

「讚啦！找寶物的時間到囉！」

「是、呀……」

魔女和平常一樣慵懶地點頭，眼中卻閃爍著好奇的光。

冒險的醍醐味就是這個。侵入與掠奪（Hack and Slash）。

地點是妖術師的巢穴，可以期待相應的收穫。

沒多久，兩人找到寶箱。長槍手先用槍在周圍刺來刺去，心想「真想要個斥候」，一邊檢查有無陷阱，然後鬆了口氣。

「……好，要開了。」

「……嗯。」

確認魔女點頭後，以防萬一讓她站遠一點，打開寶箱。

裝在裡面的是一根細長的棒狀物，疑似用木頭之類的原料製成。

前端鑲著經過雕飾的金屬零件，正綻放魔力光輝。

「喔……！」長槍手瞪大眼，興高采烈地抓住它。「是槍嗎……！」

魔法武器。只要是戰士，誰都會嚮往這種裝備。

從只蘊含些微魔力、能稍稍提升鋒利度或確保不生鏽，到傳說等級的武器。

從鄉下出身的年輕人到經歷豐富的騎士，無人不曾夢想過擁有它。

然而，從旁邊探頭窺探的魔女遺憾地搖頭：

「……這、是……杖，唷。」

「……真的假的。」

是的。魔女愧疚地用微弱的聲音說。這是魔法師的杖。

她輕輕撫上看似槍尖的金屬，拿起那把杖。

「不、過……可以……賣到……不少，錢……唷？」

「啊？」長槍手板起臉，一副聽不懂她在說什麼的態度。「為什麼要賣掉？」

「……？」這次換成魔女面露疑惑。「報、酬……不是，要平分……嗎？」

長槍手搔搔頭，「還需要我說喔」似的深深嘆息。

「既然都組隊了，當然得強化戰力吧。妳拿去用啦。」

接著又補了一句「不要的話賣掉也是可以」，關上空寶箱。

魔女雙手握著杖，一時失語般杵在原地。

有如聽見大人說「買你喜歡的東西給你」的孩童。

「……也、對。」

不久後她開口，單手持杖，將寬帽重新戴好，深深壓低帽簷。

「那，在找到……魔法長槍之、前……這就……借我用，囉？」

「沒必要定期限吧。」

長槍手輕輕用拳頭敲了下她的肩膀。是個十分粗魯又不體貼，但有些親切的動作。

「反正今後還要互相幫助。」

魔女緩緩揚起嘴角。

露出如花朵盛開般的笑容。

空貨車發出吱吱嘎嘎的聲音，在路上前進。

牧牛妹把手背在身後悠哉地走著，凝視在前面拉車的他的背影。

——他說有事想請我幫忙，可是。

他沒說要做什麼，也沒說要去哪。

總覺得這樣還願意乖乖跟過來的自己也有問題。難怪舅舅會擔心。

只要問他就會回答——……

那名女性雖然這麼說過，光是開口問就需要勇氣。

踏出一步，其實也需要勇氣。

之所以能放心走路，只是因為「腳下有地面」這毫無根據的確信。

如果不這樣告訴自己，就沒人敢走路了。以前她好像笑過這個說法。

他默默前行，背影明明離自己這麼近，卻讓人覺得很遙遠，牧牛妹像要逃避似的，將視線移到空中。

好藍。

是夏季的天空。又藍，又白，令人喘不過氣。

在這片藍天中——一隻老鷹悠然飛過高空。

她心想，真難得。

牧牛妹第一次看見老鷹飛到這裡。

她漠然地覺得，老鷹會在更靠近山的地方。

或許只是她沒發現。

一個人一輩子不曉得會抬頭盯著天空幾次。

天空無論何時都在那裡，平常卻不太會仔細觀察。真奇怪。

「……咦？」

牧牛妹突然發現，他並非在往鎮上走，而是朝郊外前進。

她急忙小跑步縮短兩人之間的距離，煩惱了一下，決定先試探看看：

「不在鎮上呀？」

「嗯。」

牧牛妹提心吊膽踏出一步，腳尖先是碰到穩固的地面。她鬆了口氣。

「需要、用到貨車？」

「嗯。」

第二步也沒事。感覺像在走老舊的吊橋度過斷崖絕壁。

——雖然我沒去過那種地方……

牧牛妹忍不住笑出聲。那是他會去的地方。

過沒多久，他停下腳步。

河邊有棟破舊小屋，不曉得是從何時開始存在於此的。

不可思議的是，它沐浴在晨光下，卻感覺不到生氣，四周一片寂靜。

吱吱嘎嘎轉動著的水車快要故障了，煙囪也沒冒煙。一棟小小的屋子。

讓人有種這幅景色是被裁切下來的畫作的感覺。

他想了一下，走到門口，隨便地扣響黃銅製門環。

等了一會兒沒有回應，於是他打開門，踏入昏暗的屋內。

他穿梭於縫隙間，在連窗戶都被書本及雜物遮住的屋內前進。

牧牛妹杵在門口，猶豫了一下該怎麼辦後，下定決心開口：

第三步。

「……這裡？」

「沒錯。」

牧牛妹拘謹地說了句「打擾了」，輕輕踏進屋內。

裡面——該怎麼形容呢。

像廢屋、廢墟……或是，魔法師的家。

無法一眼分辨的詭異物品、藥瓶密密麻麻地擺在一起。

也沒地方可踩，她心想「說不定是倉庫之類的」。

他一副來過好幾次的模樣，走在被雜物掩埋的屋內。

牧牛妹沿著他的足跡跟在後頭，一面留意衣服不要被勾到。

胸口並不會覺得悶，穿過雜物堆後，前方是一塊空曠的空間。

不知為何，只有那裡像沒人動過似的，放著一組桌椅。

旁邊是大量的空瓶。

他瞥了桌椅和空瓶一眼，然後搖頭。

「把這裡的東西搬出去。」他平靜地說。「有需要的東西。」

「這樣好嗎？」牧牛妹問，他簡短回答「是報酬」。

第四步。

牧牛妹跟他一起慎重地把那些可疑物品搬到戶外。

她從來沒見過這麼多書。

腦中瞬間閃過「要不要翻翻看呢」的想法，但看上去很貴，於是作罷。

收不進書櫃，只好堆在地上的書籍布滿灰塵，她輕輕向抱在懷裡的那本吹氣。

她不曉得要如何保存書籍，但這些書有點霉味，或許最好拿出去晒一下。

「該怎麼處理它們？」

第五個問題，「透過公會捐出去，看是給知識神的寺院，或其他地方」他回答。

「讓需要的人能讀到就好。」

「說得也是。」牧牛妹點頭，彷彿在確認腳下是安全的。

「一定會有用的。書不就是記載有用的知識嗎？」

「……」他低聲沉吟後說：「是啊。」

牧牛妹心想，幸好早上就來了。

畢竟狹窄的屋子裡，塞滿數不清的東西。

光是搬出來就夠辛苦了，整理又得費一番工夫，最後還得放到貨車上。

原來如此，確實需要貨車，也需要人幫忙，難怪必須一大早就動身。

最後他們忙到太陽通過天頂，牧牛妹喘著氣抹去額頭的汗水。

「哇，都過午餐時間了……」

由於她平常的工作活動量就大，疲勞暫且不提，空腹感還是挺難熬的。

牧牛妹不經意地把手放到腹部摩擦，「不曉得他餓不餓」歪著頭心想。

「早知道做個便當。」

「是嗎。」

這句話真的只是無關緊要的自言自語，因此他的回應嚇了牧牛妹一跳。

正準備開口澄清，就發現他正隔著鐵盔看著自己。
牧牛妹於是屏住氣息。
「抱歉。」
「嗯、嗯。」
無意間踏出的第六步，終於落到穩固的地面上——的感覺。
牧牛妹心跳加速，放在腹部的手移動到胸口，緊緊握住。
「……只要跟我說一聲，我可以幫忙做飯。」
「知道了。」
兩人推著貨車前行。
「要去哪呢？」她問，他回答：「先把書送到公會。」
兩人走進城鎮，不時有冒險者會往這邊看，然後又立刻移開視線。
或許是因為怪人在做怪事，不值得特別注意。
對牧牛妹來說是有些不滿的感想，她卻沒怎麼放在心上。
——為什麼呢？
神奇的是，她自己也不明白理由。但對此也未感到不快。
不久後兩人來到冒險者公會前，他將貨車停在不會擋路的位置。
「我去向櫃檯回報。」

他歪過鐵盔想了一下，像在確認般慢慢說道：

「看要不要去酒館吃飯。」

比起高興，牧牛妹更覺得他這行為有點好笑，輕笑出聲。

「不用了。」她覺得他不會懂自己的意思，補充道：「回家一起吃吧？」

他陷入沉默。

牧牛妹有種得意忘形踩出去，結果地面崩塌的錯覺。

然而，他平靜地說：

「是嗎。」

這回答和平常一樣，對牧牛妹而言卻是有意義的。

「嗯。」

「是嗎。」

嗯，對呀。她又說了一次。對呀。他點頭。

「那，很快就回來。」

「嗯。」

牧牛妹目送他走進公會。

看見門後的櫃檯小姐立刻露出笑容接待他。

牧牛妹有種輕飄飄的感覺，坐到貨車上，把手肘撐在膝蓋上托著腮。

她晃著雙腿觀察街道。來來往往的冒險者。街上的人們。一如往常的景色。

但，就跟天空一樣。她不曉得自己觀察過幾次街道。

這些人之中，肯定有幾個人吃過自己家出產的食物。

思及此，牧牛妹便有那麼一點開心。

覺得本來只當成在幫舅舅的忙而做的工作，也產生了某種意義。

「哎、呀……？」

細微的聲音突然傳入耳中。

或許是因為在發呆吧，牧牛妹慢了半拍才發現聲音的主人走到自己身旁。

「好、久……不見，呢。」

「啊！」牧牛妹立刻起身。是那個漂亮的人，魔女。「好久不見！」

她跳下貨車，向魔女一鞠躬。

由於事情發生得很突然，她不小心反應過度。

這令她覺得有點害羞，臉頰泛紅，魔女笑出聲來。

「今、天……怎麼了，嗎……？」

「啊，那個。」她在空中尋求答案。「來幫，他的忙。」

把這些送來公會。魔女聞言眯起雙眼，撫摸堆在貨車上的書。

「是嗎……」

「我不太清楚。這些是有價值的東西對吧？」

「對、呀……對於，這麼覺得……的人，來說。」

是有價值的。魔女輕聲道，臉上浮現笑容。

咦？牧牛妹察覺異狀，歪過頭。難道。莫非。

「……有什麼好事嗎？」

「呵、呵。」

魔女扇動細長的睫毛眨了下眼，輕輕揚起嘴角，彷彿在朗誦祕密的咒文。

「等、等……要去……冒險（約會）……唷。」

「哇。」

牧牛妹張開嘴，魔女笑著像在害羞似的以手掩住嘴角。

「再、見。」

她揮揮手，扭著纖腰離去。前方是一名扛著長槍的冒險者。

——真好……

什麼東西真好，牧牛妹自己也不清楚。

「好了。」

「啊，嗯。」

魔女剛離開，他就回來了。牧牛妹點頭走到貨車後面，以便把書搬下來。他當然也有一起動手。

「最後決定捐去哪裡？」

「不知道。」他簡短回答。「似乎要先放在公會，等調查後再決定。」

她說「這樣呀」，他只回了一句「對」。

牧牛妹將書本疊在一起，搬下貨車，交給職員。重複這個過程。

這時，她忽然聞到一股甘甜香氣。

是蘋果香——大概。

因此，她喘了口氣擦乾額頭的汗水，不經意地問：

「對了，最近都沒看到那個人耶。」

他停止動作。怎麼了嗎？牧牛妹歪過頭，他的鐵盔轉向這邊。

「那個人。」他說。「是指。」

「喏，你之前一起工作的那位呀。」

牧牛妹心想「該怎麼說呢」，望向天空。刺眼的藍天。

「……那位魔法師。」

他沒有馬上回答。

他把好幾本書疊在一起，拿下來，交給職員；疊起下一疊，拿下來，交給職員。

牧牛妹很有耐心地等著。之前踏出了那麼多步。她相信這次也不會有問題。

「我想，她是去了很遠的地方。」

半晌之後，他回以十分籠統的答案。

「恐怕不會回來。」

牧牛妹說「這樣呀」。

腦中浮現最壞的情況，但她隱約覺得不該說出口。

見她一語不發，他停下手。

接著——用令她震驚的溫柔語氣說：

「沒死。」

如果她沒有誤會，此時的他一定正在微笑。

牧牛妹對此感到有些放心，吐出一口氣。她沒有死。這是非常值得慶幸的事。

她自己都不明白為什麼要這麼問，提出下一個問題：

「寂寞嗎？」

「不知道。」

答案很簡單。

他將最後一批書疊好搬離貨車後，終於鬆了口氣。

低下戴著鐵盔的頭，思考，然後緩緩搖頭：

「不知道……但在這個意義上，或許這就叫寂寞。」

「這樣呀。」

牧牛妹又喃喃說了一次「這樣呀」，拭去額頭的汗水。

把搬下車的書都交給職員後，兩人踏上歸途。

他拖著貨車，走在鎮上到牧場間這段漫長又短暫的路程上。

但貨臺還堆著許多東西。從後方幫忙推車便是牧牛妹的任務。

「……要不要換我來？」

「不必。」

他拉著橫桿回答。

「這是我的工作。」

「是嗎。」

「對。」

對話到此中斷，兩人默默無語，專心邁步向前。

沿途擦身而過的，是各依所好穿戴形形色色裝備的冒險者們。

一名銀髮馬尾少女小跑步經過，她的同伴和年輕戰士則追在後面。

扛著長槍的冒險者威風凜凜走在路上，身後是珍惜地抱著古杖的魔女。

他和牧牛妹緩慢卻紮實地踏出每一步，往反方向前進。

太陽快下山了，通往牧場的不怎麼長的路程，也逐漸染上暮色。
上次一起走在這樣的道路上，不曉得是幾年前的事了。
——這麼說來。
也有過這種事呢。她想起之前從未想起過的瑣碎回憶。
——好像還跟他一起玩過跳繩。
她忽然想起很久沒唱過的打油詩，不經意地哼了起來。

神明啊　神明啊
來擲骰子玩吧
骰出一就安慰你
骰出二就笑給你看
骰出三就誇獎你
骰出四就給你點心吃
骰出五就為你跳支舞
骰出六就親吻你
骰出七就——……

「……骰出七就？」

牧牛妹沒有立刻理解這是他的聲音。

「骰出七，會怎樣。」

牧牛妹嬌羞地──明明他沒在看自己──低頭笑了。

「……不知道耶，我不記得了。」

「是嗎。」

「這首歌真神祕。骰子的點數只到六的說。」

如果是擲兩顆骰子，就會變成骰不出一。

她輕聲說道，以掩飾害羞，他依然用低沉的嗓音回應「是啊」。

牧牛妹偷偷瞄向他，他拖動貨車，似乎在看著天空發呆。

「────」

看到這一幕，牧牛妹不知為何想起牧場周圍的柵欄都修補好了。

──也對。

當時她沒意識到自己為什麼會發現。

她以為是舅舅修好的。但如果是舅舅的手法，她早就看習慣了。

根本連柵欄經過修繕都不會發現。

用笨拙的動作削尖木頭，意氣用事地試圖做出什麼，一直忙到太陽下山的少年。

他在做的是玩具、木劍或其他東西？她已記不清楚。

事到如今回想起那熟悉的光景，她瞇眼笑了出來。

不知為何，夕陽的顏色看起來特別深。

車輪壓到路上的小石子，導致貨車上的貨物晃得喀噠響。

全是牧牛妹不清楚用途的雜物，但他說要把這些放進倉庫。

八成得整理到晚上。牧牛妹心想「去幫他的忙吧」。

若那空蕩蕩的倉庫能多少增加些屬於他的物品，她覺得這樣很好。

工作到晚上，肚子一定會很餓。不好好吃飯可不行。

把燉濃湯熱一熱，舅舅、他和自己三個人一起吃吧。

這主意聽起來也很好。

「那——」

牧牛妹用力撐住貨車，邊推邊說。

「如果是我的工作，到時就換我拉。」

你要來幫忙喔。他聞言之後沉默片刻，回答：

「知道了。」

「嗯。」

牧牛妹點點頭，又加了把勁。

牧場已近在眼前。

後記

各位好！我是蝸牛くも。

《哥布林殺手外傳：第一年》的第二集，各位還滿意嗎？

或許會給人一種第二年或漫長的萬聖節（註4）的感覺。

所以第三集想必會變成黑暗勝利（註5）。唔——真謎啊。

無論如何，這次也出現了哥布林，所以是哥布林殺手殺哥布林的故事。

對他來說這就是一切，眼中只有這件事，只能去做這件事。

雖說不是沒有各式各樣的邂逅，但人生在世還真是不容易呢。

一步一步走下來的結果即為本篇的主軸，這段過程相當漫長。

所謂的「經驗值」大概就是這種東西吧……

我一面這麼想，一面努力寫出這樣的故事，希望各位看得愉快。

註4　指蝙蝠俠系列作《蝙蝠俠：第一年》和《蝙蝠俠：漫長的萬聖節》。

註5　《蝙蝠俠：漫長的萬聖節》之續作。

這部作品是在許多人的幫助下才得以完成。

遊戲方面的友人、創作方面的友人，一直以來謝謝你們。

負責繪製插畫的足立慎吾老師。謝謝您設計的孤電小姐！

繪製漫畫版的榮田健人老師。現在剛好進展到第一集的劇情高潮呢，太厲害了！

統整網站的管理員，真的很感謝您每次都為我打氣。

我不知道我有沒有變得跟太空人一樣厲害，但我會為了故鄉拚命努力。

編輯部的大家，總是承蒙關照。這次也謝謝您們。

在我不知道的地方與本作產生關聯的各位，十分感謝。

以及拿起本書閱讀的讀者們，真的很非常感激。

儘管副書名是「第一年」，如果感覺還能繼續下去，第三集我也會生出來。

第三集一定也會有哥布林，所以會是哥布林殺手殺哥布林的故事。

如果出了第三集，到時還請各位多多關照。

那麼再會。

哥布林殺手外傳

GOBLIN SLAYER! SIDE STORY: YEAR ONE

The Dice is Cast.

第一年

哥布林殺手外傳

GOBLIN SLAYER! SIDE STORY: YEAR ONE

The Dice is Cast.

：第一年

浮文字

GOBLIN SLAYER 哥布林殺手外傳：第一年2

（原名：ゴブリンスレイヤー外伝：イヤーワン2）

著　者／蝸牛くも　封面插畫／足立慎吾　譯　者／Runoka
發行人／黃鎮隆　副總經理／陳君平
總編輯／洪琇菁　國際版權／黃令歡、李子琪
執行編輯／曾鈺淳　美術編輯／陳又荻
內文校潤／梁瓏　內文排版／謝青秀
企劃宣傳／邱小祐、劉宜蓉

出　版／城邦文化事業股份有限公司　尖端出版
台北市中山區民生東路二段一四一號十樓
電話：（〇二）二五〇〇—七六〇〇
傳真：（〇二）二五〇〇—二六八三
E-mail：7novels@mail2.spp.com.tw

發　行／英屬蓋曼群島商家庭傳媒股份有限公司城邦分公司　尖端出版
台北市中山區民生東路二段一四一號十樓
電話：（〇二）二五〇〇—七六〇〇（代表號）
傳真：（〇二）二五〇〇—一九七九

中彰投以北經銷／楨彥有限公司（含宜花東）
電話：（〇二）八九一九—三三六九
傳真：（〇二）八九一四—五五二四

雲嘉經銷／智豐圖書有限公司　嘉義公司
電話：（〇五）二三三—三八五二
傳真：（〇二）二三三—三八六三
客服專線：〇八〇〇—〇二八—〇二八

南部經銷／智豐圖書有限公司　高雄公司
電話：（〇七）三七三—〇〇七九
傳真：（〇七）三七三—〇〇八七

一代匯集／香港九龍旺角塘尾道六十四號龍駒企業大廈十樓B&D室
電話：（八五二）二七八三—八一〇二
傳真：（八五二）二七八二—一五二九
E-mail：hkcite@biznetvigator.com

新馬經銷／城邦（馬新）出版集團Cite（M）Sdn. Bhd.
E-mail：cite@cite.com.my

法律顧問／王子文律師　元禾法律事務所
台北市羅斯福路三段三十七號十五樓

二〇一九年十月一版一刷

■中文版■

郵購注意事項：
1.填妥劃撥單資料：帳號：50003021戶名：英屬蓋曼群島商家庭傳媒(股)公司城邦分公司。2.通信欄內註明訂購書名與冊數。3.劃撥金額低於500元，請加附掛號郵資50元。如劃撥日起 10～14日，仍未收到書時，請洽劃撥組。劃撥專線TEL：(03)312-4212 ・ FAX：(03)322-4621。E-mail：marketing@spp.com.tw

國家圖書館出版品預行編目資料

哥布林殺手外傳：第一年/ 蝸牛くも作；
Runoka譯. -- 1版. -- [臺北市]：尖端,
2019.10-

冊； 公分

譯自：ゴブリンスレイヤー：Year One 2

ISBN 978-957-10-8726-9（第2冊：平裝）

861.57 108013722